W0238004

Bernd Schuchter

Föhntage

Roman

BERND SCHUCHTER

Föhntage

Roman

braumüller

Sämtliche Figuren und Handlungen dieses Romans sind frei erfunden. Alle Ähnlichkeiten mit Lebenden und Verstorbenen sind deshalb rein zufällig und weder beabsichtigt noch erwünscht.

Bibliografische Information der Deutschen Nationalbibliothek
Die Deutsche Nationalbibliothek verzeichnet diese Publikation in der Deutschen Nationalbibliografie; detaillierte bibliografische Daten sind im Internet über http://dnb.d-nb.de abrufbar.

Printed in Austria

Alle Rechte, insbesondere das Recht der Vervielfältigung und Verbreitung sowie der Übersetzung, vorbehalten. Kein Teil des Werkes darf in irgendeiner Form (durch Fotokopie, Mikrofilm oder ein anderes Verfahren) ohne schriftliche Genehmigung des Verlages reproduziert oder unter Verwendung elektronischer Systeme gespeichert, verarbeitet, vervielfältigt oder verbreitet werden.

1. Auflage 2014
© 2014 by Braumüller GmbH
Servitengasse 5, A-1090 Wien
www.braumueller.at

Lektorat: Christine Wiesenhofer
Coverfoto: © Timeline Images / dillo
Druck: Druckerei Theiss GmbH, A-9431 St. Stefan im Lavanttal
ISBN 978-3-99200-120-0

Meinen Kindern

Wer die Enge seiner Heimat begreifen will,
der reise. Wer die Enge seiner Zeit ermessen will,
studiere Geschichte.

Kurt Tucholsky

1

Es war früher Abend, als Josef Lahner das Bild im Schaufenster sah und plötzlich weinen musste. Seine Gefühle waren ihm peinlich und er war froh, dass ihm der warme Wind, der an diesem Tag durch die Gassen der Altstadt blies, die Tränen bereits knapp unterhalb der Backenknochen trocken wehte. Aus irgendeiner Scham heraus war Lahner froh, dass keine Träne seinen Mund erreichte und er nicht den salzigen Geschmack am Gaumen fühlen musste. Er war froh, dass es Föhntage waren.

Die Welt ist alles, was der Fallwind ist, murmelte Lahner vor sich hin und betrachtete das Bild nun etwas genauer. Warum hatte die Zeichnung gerade heute in ihm etwas ausgelöst, von dem er dachte, dass er es gar nicht mehr besitzen würde? Er glaubte sich seinem Inneren eigentlich vertraut, glaubte seine Gefühle zu kennen; umso überraschter war er nun, dass er tatsächlich hatte weinen müssen. Lahner erinnerte sich nicht, wann er das letzte Mal hatte weinen müssen.

Dabei war es eigentlich ein unscheinbares Bild, das Lahner da in der Auslage liegen sah, dicht an dicht mit anderen Grafiken. Es war eine schlicht kolorierte Lithografie, vielleicht ein Stahlstich, der nachträglich eingefärbt worden war, das konnte Lahner durch das Glas nicht genau erkennen, dazu hätte er die Grafik aus nächster Nähe betrachten müssen. Es war ihm auch gleichgültig. Das Bild zeigte eine Frau und einen Mann in Tracht, einen Menschentypus, der das *Tirolerische* vorstellen sollte. Der Mann mit langer Schaumpfeife in der rechten Hand, die Frau mit einem geflochtenen Korb, Kräutern und Blumen darin. Lahner fiel auf, dass die Frau im Dirndl schwanger aussah, die Bauchpartie war ein wenig üppiger, was irritierend war, denn ansonsten deutete nichts auf *andere Umstände* hin.

Lahner hatte noch nie darüber nachgedacht, aber ihm schien, als erwecke die Tracht selbst, der Schnitt und der Faltenwurf, eben diesen Eindruck, und ihm war, als wäre genau das die Absicht einer Tracht, der Eindruck von Fruchtbarkeit, der auf den ersten Blick vermittelt werden sollte. Ein gesunder, naturnaher Typus eines Menschenschlags, der vor allem eines ist, viril.

Dieses Wort. Lahner zuckte ein wenig zusammen bei der Vorstellung, dass er selbst ebenso sein könnte.

Ihm kam in den Sinn, dass er mit dem Tiroler, der Tirolerin auf dem Bild etwas gemeinsam haben könnte; das erschreckte ihn. Er fühlte sich eben gerade nicht viril, das am allerwenigsten. Ihm fielen Vergleiche ein, an die dieser Typus ihn denken ließ. Die rohen und mattfarbigen Gestalten bei Ernst Nepo etwa, vor allem aber die kantigen Körper und Gesichter bei Albin Egger-Lienz. Auch dort gab es diesen Typus des Tirolers, der trotz des harten Alltags, etwa als Senn auf den Almen, trotz all der Mühen ein gottergebenes Leben führt, mit Gleichmut und ausgestattet mit einer gesunden Physis, viril eben.

Lahner fiel kein passenderes Wort dafür ein, kein Synonym. Seltsamerweise schrieb er die Virilität auch der Frau auf dem Bild zu, was ihm erst jetzt auffiel. Wie selbstverständlich fand er ihre schwangere Weiblichkeit ebenfalls viril, wie hätte er sie auch sonst beschreiben können. Mulieril? Lächerlich. Sie waren beide, beide Figuren auf diesem Bild, wie sie eben waren, aus einem Guss.

Lahner fühlte sich fremd. Der Föhn zog durch die Gassen und langsam kam der Abend. Es dunkelte.

2

Die Vormittagssonne spiegelte sich matt auf dem blassgrünen Volkswagen, darüber blauer Himmel. Der Mann hinter dem Steuer beschleunigte nun nach dem Tunnel, die Straße führte leicht aufwärts. Hinter dem Wagen erhob sich der Bergisel, durch die Bäume hindurch sah man die Sprungschanze, dahinter lag Innsbruck. Die Mutter saß schweigend neben dem Vater, auf dem Rücksitz fläzte sich ein Junge von vielleicht sechs, sieben Jahren. Das leise Motorengeräusch machte den Jungen müde und die Augen fielen ihm hin und wieder zu. Sosehr er die Ausflüge nach Südtirol mochte, so sehr hasste er die Fahrten dorthin. Er langweilte sich. Seltsam kam ihm auch immer vor, dass die Fahrten hin ihm länger vorkamen als dieselbe Strecke retour.

Der Vater hinter dem Steuer war guter Laune und drehte das Radio ein wenig lauter, sie spielten einen Schlager von Peter Kraus. *Rock 'n' Roll*, wenn man so wollte, die österreichische Variante der Fünzigerjahre eben. Peter-Alexander-Musik, Wolfgangsee-Musik, unbeschwerte Nachkriegs-Musik, Gute-Laune-Musik. Unbedarft und fröhlich.

„Erinnerst du dich an dieses Lied?“, fragte der Vater die Mutter, die nur verlegen lächelte. Er erinnerte sich gerne zurück an seine Jugend, sein junges Erwachsensein, an die zwei, drei Tanzlokale, mehr gab es damals ja nicht. In einem hatte er die Mutter kennengelernt, das war ganz einfach gewesen. Es folgten gemeinsame Kinobesuche, Ausflüge in die nähere und fernere Umgebung, auch nach Südtirol. Damals fuhren sie die alte Bundesstraße und ihre unzähligen Kurven zum Brenner hinauf, in einem kleinen Fiat 500, ihrem ersten Wagen. Der Motor war hinten und der Kofferraum vorn, an heißen Tagen mussten sie immer wieder stehen bleiben und Wasser nachfüllen. Ein Auto wie für Clowns, aber ein Auto. Ein kleines Stückchen Unabhängigkeit, ein Leben für die Wochenenden. Ein Ausflug, ein wenig wandern, vielleicht ein Kaffee oder ein Glas Wein, mehr brauchte es nicht. Das war schon mehr Luxus, als sie von ihrer Kindheit her gewohnt waren. Die Erinnerung an die bescheidenen Verhältnisse ihres Aufwachsens sollte sie ihr Leben lang begleiten. Auch später noch, als die Zeiten besser waren und man sich eigentlich alles leisten konnte.

Die Kindheit blieb so etwas wie eine vage Erinnerung an Mangel, umweht aber von einem rosigen, hellen Licht. Es war trotz allem schön, sagte dieses Licht, schön. Warme Gefühle, ein wenig Wehmut.

Draußen blies starker Föhn, man sah es an den Windhosen auf der Europabrücke. Der Volkswagen zitterte ein wenig und der Vater legte nun beide Hände ans Lenkrad. Die Planen des Lkws, der vor ihnen fuhr, wurden heftig hin und her geschüttelt. Die Mutter schwieg nun eisern, sie fürchtete sich ein bisschen. Wenig später krochen sie den Schönberg hinauf, der Verkehr wurde dichter, je näher sie der Mautstelle kamen. Selbst an schwachen Tagen bildete sich rasch eine Schlange, langsam zuckelte der Volkswagen ein paar Meter vorwärts. Die Sonne schien stärker durch die Scheiben, es war stickig im Auto. Die Mutter legte die Summe für die Maut bereit, ein kurzes Gespräch mit dem Beamten, während er dem Vater das Wechselgeld in die Hand zählte, dann fuhren sie weiter.

Der Junge entspannte sich, ab Schönberg kam ihm die Fahrt meist angenehmer vor. Er zählte die Häuser, die an den Fensterscheiben vorbeizogen, dann wieder die Autos aus Deutschland und Holland, von denen sie überholt wurden. Der Vater war ein kontrollierter

Autofahrer, er fuhr ruhig und gleichmäßig. Der Junge sah auch in die Täler hinein, an denen sie vorbeifuhren, und fragte nach ihren Namen. Die Mutter kannte nicht nur die Täler, sondern auch die dazugehörigen Berge und Gipfel. Wie ein Buch las sie die Landschaft und der Vater nickte dazu. Der Junge vergaß die Namen der Gipfel und Talschaften, sobald die Mutter sie ausgesprochen hatte, aber er bewunderte sie dafür, dass sie alle Namen kannte. Er überlegte, ob er später einmal, wenn er erwachsen wäre, die ganzen Namen ebenso selbstverständlich vor sich hinsagen könnte, wunderte sich, an was alles man sich erinnern konnte. Für ihn war das ein Merkmal der Erwachsenen, Dinge zu wissen, Bescheid geben zu können. Es war ihm ein Rätsel und er fragte sich, ob er dann – selbst erwachsen – dieses ganze Wissen überhaupt haben wollte. Er entschied sich im Stillen eher dagegen. Er war zufrieden damit, ein Kind zu sein, und wenn möglich wollte er das bis über das Erwachsenenalter hinaus auch bleiben.

„Vergiss nicht, wir müssen noch wechseln", sagte die Mutter und sortierte bereits die Scheine in ihrer Geldtasche. Der Vater nickte und fuhr den Wagen kurze Zeit später auf die Raststätte kurz vor der Grenze, wo eine kleine Wechselstube war. Vater und Sohn warteten im Auto. Der Junge las in der Auslage der Wechselstube den aktuellen Kurs für Lire und Schilling, konnte sich aber darunter nichts vorstellen. In Italien zahlte man mit Lire, in Österreich mit Schillingen, so war das eben. Da gab es für den Jungen nicht viel zu verstehen.

Und doch bemerkte er, dass sich der Kurs veränderte. Vor einiger Zeit waren tausend Lire noch zehn Schilling, das war einfach zu rechnen gewesen. Jetzt stand der Kurs bei sieben Schillingen, was der Junge unangenehm fand. Das sagte er auch dem Vater, während sie auf die Mutter warteten, der lachte, als ob der Junge etwas Dummes gesagt hätte. Dann fuhren sie weiter.

Der Junge war nun hellwach, seine Erregung steigerte sich, je näher sie der Grenze kamen. Ein Ausflug auf den Brenner bedeutete immer auch, dass er eine besondere Süßigkeit bekam, etwas, das es nur in Italien gab. Es war wie ein Ritual, die Ausflüge waren immer auch verbunden mit Leckereien. Alle drei dachten an gewisse Dinge, die sie kaufen würden, die Erregung des Jungen gehörte zur Vorfreude dazu.

Der Junge dachte an Türkischen Honig und den

Spielzeugladen in Sterzing, die Mutter an die italienische Mode, die hier um so vieles schicker und günstiger war als in Innsbruck; vielleicht dachte sie auch an die Äpfel, die sie kistchenweise kaufen würden. Der Vater dachte an den Wein und das Ölbrot, das es nur hier gab, den italienischen Käse, den Schinken, *prosciutto crudo*.

Der Wagen reihte sich wieder in eine Schlange ein, gleich nach dem Brennersee und den ersten Gebäuden kamen die Zollhäuschen, standen als flache Köpfe in der Landschaft, zwei Schlagbäume, Zöllner in Uniform. Die Österreicher winkten den Volkswagen durch, dann kam nach ein paar Metern die Grenze. Die Mutter legte die Pässe bereit und fuhr mit den Fingerkuppen über das Kunstleder der Schutzhüllen. Aber auch hier nur ein kurzer Blick in das Wageninnere, dann waren sie in Italien. Der Junge drückte seine Nase an die Fensterscheibe und sah neugierig hinaus. Auf einem Schild stand *Alto Adige*.

„Warum steht da ein anderer Name?“, fragte er nach vorn. „Das ist doch Südtirol.“

Die Mutter tat, als hätte sie die Frage überhört. Der Vater zuckte leicht mit den Schultern.

3

Lukas hüpfte die Straße entlang, immer abwechselnd auf einem Bein zwei Schritte, dann landete er wieder breit auf zwei Beinen, wie bei dem Steinchenspiel, das die Mädchen im Hof trieben. Er beobachtete sie auch manchmal, wie sie Reimlieder singend seilhüpften. Gerne wäre er so manches Mal mitgesprungen, doch seine Kameraden zogen ihn meistens am Ärmel fort. Diese Mädchenspiele waren nichts für echte Buben, die rennen und fluchen, Steine werfen und raufen mussten. Wenn es harmlos war, spielten sie Fußball. Keine soziale Durchlässigkeit, da waren die Hofhierarchien streng.

Sein Weg führte den Jungen die Straße seines Wohnblocks entlang, vorbei am Gasthaus an der Ecke, dem Blumenladen und dem Frisör und an ein paar anderen Geschäften, bis hin zur Trafik am Ende der Straße. Dem Jungen knisterte der grüne Schein in der Hand, er sollte für seine Mutter zwei Päckchen Zigaretten besorgen, als Geschenk für die Tante. Er ging die schlichten vierstöckigen Gebäude entlang, Sozialbauten aus den Fünfziger-, vielleicht Sechzigerjahren, die im Erdgeschoß Ladenlokale hatten, davor breite Gehsteige und kleine Wiesen. Schräg gegenüber lag die neue Pradler Kirche, ein schmuckloser Bau der Sechzigerjahre. Rund um die Kirche duckten sich die niedrigeren Wohnblöcke flach weg, zwei Ebenen – Parterre und ein Stockwerk – kleine Wohnungen, weder Gärten noch Balkone. Das waren die Umsiedlerhäuser der Südtirol-Optanten, die sich 1939 für Österreich entschieden hatten. Es waren Blöcke der *Neuen Heimat*, wie die Siedlungen hießen.

Komischer Name, dachte Lukas, was war denn eine *alte Heimat*? Und überhaupt, kann man eine Heimat einfach so bauen? Standardplanung nach Vorgabe, eine sozialistische Errungenschaft, Masterplan der Gleichmachung, um dem – wohnungsmäßigen – Elend der unteren Schichten endlich abzuhelfen. Wer gut wohnt, wird auch glücklich. Egal, ob er weiterhin zwölf Stunden am Tag arbeiten muss. Dabei waren diese kleinen Häuserreihen ja hübsch, einstöckig, wer konnte sich so etwas ausdenken? Vier Parteien in einem Haus, was für eine Platzverschwendung. Da können es so viele Aussiedler ja nicht gewesen sein, die da eine neue

Heimat gesucht haben. Muss die alte Heimat dann doch gut genug gewesen sein.

Ganz anders lagen da die großen Wohnblöcke der Reichenau, die Wohnsilos und Hochhäuser, in der Landschaft. Schwer wie Felsbrocken und unappetitlich in ihrer Betonpracht, Bausünden, sagten die Zeitungen, Wohnslums in Nachfolge des ehemaligen Barackenviertels, das die Reichenau nach dem Krieg war. Nach dem Arbeitslager der Nationalsozialisten, nach dem Kleinflughafen für Sportflugzeuge. Nach dem Sumpfgebiet? Die Geschichte der Reichenau las sich wie ein Austreiben des Teufels mithilfe des Beelzebubs, Pest anstelle der Cholera.

Dabei machte der soziale Wohnbau zu seiner Zeit durchaus Sinn. Lukas hatte den Satz seines Vaters im Ohr. Die Erzählungen aus seiner Kindheit, bescheidene Verhältnisse, kleine Wohnungen, Kälte im Winter, zugige Fenster, Enge. Meist waren es Erzählungen von der Kindheit der Großeltern gewesen. Als ob die Geschichte eine hierarchische Angelegenheit wäre. Von den Großeltern zu den Eltern zu den Kindern, es konnte immer nur besser werden. Und natürlich der Krieg, der lange Schatten im Hintergrund, den sich heute niemand mehr vorstellen konnte. Nicht einmal der Vater.

Die Sozialbauten waren dann aber etwas Besonderes, modern, hell, warm. Endlich große Räume, keine Enge mehr, auch wenn man keine Möbel besaß, um den vielen Platz zu füllen. Die Tante war glücklich, als sie ihre Wohnung im Olympischen Dorf bekommen hat. *Das muss man sich vorstellen*, so der Vater, *die hat bei ihren Eltern ihr halbes Leben auf dem Kanapee in der Küche schlafen müssen, weil die Eltern nur zwei Räume hatten in ihrer Wohnung. Sie war die Älteste, die kleineren Kinder schliefen bei den Eltern.*

Das sind die zwei Dinge, die in den Erzählungen immer gleich bleiben, die Mär von der harten Kindheit und die Bedeutung der Olympischen Spiele. Die Tante bekam ihre Wohnung ja nicht in der Reichenau, sondern im Olympischen Dorf. Das war der Fortschritt. Innsbruck war für einen kurzen Moment der Nabel der Welt, geblieben sind der Stadt davon Schulden für ein halbes Jahrhundert und der soziale Wohnbau.

Hauptsache, die Tante war glücklich, und vielleicht überlegte sie damals tatsächlich, sich zur Einheitswohnung auch noch die Einheitsmöbel anzuschaffen, welche die Architekten der Regierung in Wien passgenau für die Einheitsformen des modernen Wohnbaus in den staatsnahen Betrieben fertigen ließen. Von der

Idee her war das Ikea für das gemeine Volk, das in seinen maßgefertigten Küchen Schnitzel aus dem Konsum briet für den Hauptschulnachwuchs, der darauf wartete, bei den Verkehrsbetrieben für Bahn oder Bus in die Lehre gehen zu können. *Das ist ein Sozialismus, den man sich heute gar nicht mehr vorstellen kann*, so die Tante. *So war die Sozialdemokratie*, so der Vater. *Wobei bei uns die Kinder nicht zu den Verkehrsbetrieben gegangen sind, sondern zur Krankenkassa.*

Lukas wollte sich das auch gar nicht vorstellen, so weit reichte sein Vorstellungsvermögen nicht.

4

Eine Kindheit in dieser Zeit. Wer weiß heute noch, was das bedeutete? Man kann so eine Kindheit nur in Bilder fassen. Schlaglichter, mehr oder weniger schemenhaft, konturlos. Einzelne Farben, wie auf vergilbten Fotografien, die gezackten Ränder zerschlissen, sprödes Licht, die Zellophanierung löst sich an manchen Stellen. Nicht weil man die Fotos oft betrachtet hätte, das hat alles qualitative Gründe. Erinnerungen an eine Kindheit in Qualitäten.

Von den Fotos zum Film. Urlaubserinnerungen auf Super 8, eine Kindheit im Süden, ehemaliges Jugoslawien, irgendwo zwischen Rijeka und der Insel Krk, Italien, vor allem Italien. Bibione, Cervia, Punta Sabbioni, Jesolo, vor allem Jesolo.

Flirrende Erregung vor dem Aufbruch. Das Auto ist bereits am Vorabend der Reise bis oben hin voll, die Tage davor sind ausgefüllt mit kindlicher Ungeduld.

Wann fahren wir in Urlaub, wann fahren wir in Urlaub, wann fahren wir in Urlaub? Auch eine dreimal gestellte Frage bringt den Augenblick der Abfahrt nicht eher.

Dann der Versuch, am Tag der Abreise nicht einzuschlafen. Wachbleiben um jeden Preis. Die Müdigkeit bezwingen. Die Angst, etwas zu verpassen. Dann doch der Schlaf und wieder nicht bemerkt, wie der Vater das schlafende Kind mitten in der Nacht ins Auto trägt. Die Nachtfahrten nach Italien, des Verkehrs, der Hitze wegen. Beim Aufwachen schon fast am Ziel. Die warme Luft, der Geruch von Süden, keine Berge mehr. *Wann sind wir endlich da?*

Eine Woche pauschal in einem beliebigen Hotel, davor der Strand. Dicht an dicht die Hotelburgen, dahinter die Einkaufsstraße mit verschiedenen Läden, Restaurants, Bars, eine Apotheke. *Farmacia* leuchtet die grüne Blinktafel. Schon wieder die Reiseapotheke vergessen. Verständigung mit Händen und Füßen. Ebenso im Hotel, in den Restaurants, beim Eisverkäufer am Strand und dem Mann, der Melonen- und Kokosnussschnitze verkauft. Mit Händen und Füßen, dazwischen einzelne Brocken, Kauderwelsch. Welsche Floskeln für die Welschen. Die Fremden. Die Fremden, das sind hier nicht die anderen. Mit Händen und Füßen. *Acqua minerale, Spaghetti Bolognese, Pizza Margherita, sin gas, con gas, Spumante.* Spumante, süßer Sprudel mit irgendwas, das gibt es nur hier. *Il conto, per favore. Grazie.* Mit Händen und Füßen. In den Hotelburgen und in den Läden auf der Promenade. Dahinter fängt das Niemandsland an. Mehr Ort gibt es nicht, nach dem *Lunapark* ducken sich flache, farblose Nutzbauten für das Hotelpersonal. Dahinter trockene Wiesen, Eidechsen zwischen den Steinen, es regnet nicht oft am Meer. *Mit Händen und Füßen.* Eigentlich ist das nicht nötig. Hier sprechen alle Deutsch. Halb Innsbruck macht hier Urlaub, die andere Hälfte urlaubt am Gardasee. Und natürlich die Deutschen, die immer so laut sind. Das kennt man von daheim, ein Aufwachsen im Tourismus. Die Arroganz der starken Währung. Eine Mark ist sieben Mal so viel wert wie der Schilling. *Wie billig hier alles ist.* Sieben Mal weniger wert als die lauten Deutschen. *Hier ist ja alles wie daheim.* Nürnberger Rostbratwürstel, Buletten, Paulaner-Bier, *Bild*-Zeitung. Ein wenig Scham, da man doch die gleiche Sprache spricht. Für die Italiener sind wir alle gleich. *Wir sind die besseren Deutschen.* Insgeheim. Dann die Begegnung mit ein paar Wienern. Die sind ebenso vulgär und laut wie die Deutschen. Wieder Scham, ein wenig Ekel. *Wir sind die besseren Österreicher.* Stolz. Das kennt man von zu Hause. Stolz wider besseres Wissen, gegen die

D-Mark, gegen die Regierung in Wien. *Die Wiener haben uns verraten damals. An die Bayern.* Mantua ist nicht weit entfernt von Verona, das liegt eigentlich auf dem Weg nach Jesolo. *In Mantua zu Banden, der treue Hofer stand.* Eine Erinnerung aus anderer Zeit.

Am Abend vor dem Einschlafen schmerzen Bauch und Hand. Der Bauch von zu viel *gelato*, die Hände sind wund vom raschen Drücken der Automatentasten in den Spielhöllen. *Bitte, noch einen Jeton, bitte.* Am Abend dann promenieren, frisch gewaschen und gekämmt, in Sommerhose und Matrosen-T-Shirt, die Mutter in einem Rock, der Vater in Leinenhosen und Hemd. *Das ist eine gute Stelle*, dirigiert die Mutter, *wir kommen hier entlang, hier schlendern wir entlang*, der Vater drückt die *Super 8* ans rechte Auge, der Motor der kleinen Kamera surrt, *ganz ungezwungen, ganz ungezwungen schlendern wir an Vater vorbei*, dennoch der magnetische Blick direkt in die Linse, ungezwungenes Lächeln, die Lippen der Mutter rot geschminkt, die Farben wird man später kaum wahrnehmen können, eine glückliche Familie. Das ist Urlaub. Der Vater fehlt im Bild. Einer muss die Taste drücken. Konservierte Erinnerung.

Der andere Sommer als Hofkind. Kein Urlaub auf dem Bauernhof, sondern in den Innenhöfen der städtischen Wohnungen, Kindheit im Sozialbau. Die Mütter am Herd und die Väter in der Arbeit. Die Kinder spielen im Hof von morgens bis abends, bescheidene, aber ausfüllende Spiele, *Fangen*, *Fußball*, natürlich Fußball, *Völkerball.* Völkerverständigung im Kleinen, wobei es doch immer darum geht, wer in welchem Team, wer zuerst, wer zuletzt gewählt wird. Beim Fußball werden die Schwächsten ins Tor gestellt und abgeschossen. *Was für ein Spaß.* Beim Völkerball werden die Schwächsten zuerst abgeschossen, auch hier herrscht das Recht des Stärkeren. Meist sind es die Mädchen, schmerzhafte Signale der Zuneigung. Krieg im kleinen Maßstab. Die Hierarchien sind streng und müssen eingehalten werden. Abends der Ruf der Mütter. *Essen!* Halbherzige Versuche, Zeit zu schinden. *Noch fünf Minuten.* Es dunkelt schon. *Sofort jetzt! Los!* Geducktes Schleichen an Häuserwänden, morgen ist auch noch ein Tag, ein schwacher Trost.

Dabei ist alles verboten in dieser Zeit. Überall Schilder mit Verboten. *Rasen betreten verboten. Fußball spielen verboten.* Die Schilder sind alt und niemand hält sich an die Verbote. Verrohung der Sitten. Nur die alten Mieter proben den Aufstand. Schreien hinter muffigen Vorhängen hervor. *Saukrüppel, elendiger.* Mitleidloses Grinsen. Die alten Leute sind ohnehin alle Nazis. Ein Totschlagargument, auch wenn sich kein Kind etwas darunter vorstellen kann. Nazis muss man nicht gehorchen. Nur wenn die Fußbälle in fremde Gärten fallen, kriechen sie zu Kreuze. Canossagang mit hinter schmalen Lippen hervorgepressten Entschuldigungen. *Nazischwein.*

An den Wochenenden der Versuch einer Familie, Fernsehabende mit beschaulichem Programm. Fernsehereignisse als Erinnerungsschnipsel. *Dalli Dalli, Versteckte Kamera, Verstehen Sie Spaß?, Wetten, daß …* Fußballeuropameisterschaft in Deutschland. Sport als Krieg mit anderen Mitteln. Die Holländer dominieren im Finale gegen die letzte Mannschaft der Sowjetunion. Danach bricht die UdSSR zusammen. Die freie Welt zwingt die Diktatur in die Knie. *Kommunistenschwein* ist kein Schimpfwort. Die Nazis reichen. Das Kind sieht nur den Fußball. Mehr gibt es nicht zu verstehen in diesem Sommer. Im Fernsehen laufen Filme mit Rudi Carrell. Der lustige Akzent, die harmlosen Inhalte. Eine unbeschwerte Kindheit. Eine vage Vorstellung von Glück. Sommer.

5

Lukas wachte früh am Morgen auf und zog sich rasch an. Der Sommer war noch lang, dennoch wollte er keinen Tag versäumen. Seit Tagen gab es draußen nur blauen Himmel – wolkenlos – endlose, heiße, schattenlose Tage. Lukas von früh bis abends unterwegs, der letzte Sommer vor dem Beginn einer ernsteren Zeit. Im Herbst begann das Gymnasium und dann würde er weniger Zeit haben.

Lukas schob die Gedanken daran weit von sich weg wie die leere Müslischale nach dem Frühstück. Die Mutter räumte Milch und Butter in den Kühlschrank. „Um eins gibt es Mittagessen, vergiss das nicht", rief sie ihrem Sohn nach, doch sie hörte nur mehr das scheppernde Grummen der zufallenden Wohnungstür. Das nachlässige *Ja* des Jungen wurde vom Dichtungsgummi des Türrahmens verschluckt.

Peter, Hans und die anderen Buben warteten schon im Hof mit dem Ball unterm Arm. Seit bald zwei Jahren schwelgten sie in den Erinnerungen an die Fußballeuropameisterschaft in Deutschland und versuchten seitdem, die Spiele und die Spieler nachzuahmen. *Du bist van Breukelen, ich bin van Basten*, schrien sie durcheinander. *Heute bin ich Gullit.* Das war das Exotischste, was man sich vorstellen konnte. Die schwarzen Spieler mit den afrikanischen Wurzeln im holländischen Team, *Gullit, Rijkaard, Winter.* In Innsbruck sah man keine Schwarzafrikaner auf den Straßen, die gab es nur im Fernsehen. Hin und wieder waren die Buben aber auch *Die Deutschen. Kohler, Matthäus, Littbarski, Brehme, Völler.*

Sie nutzten die Wäschestangen als Tore, manchmal mussten auch ihre T-Shirts reichen. Hinter den Wäschestangen duckten sich schmale Gärtchen an der Hausmauer entlang, die von den Mietern im Parterre mehr oder weniger sorgfältig gepflegt wurden. Auf der anderen Seite wohnte eine junge Familie, die hatten keine Zeit für Gartenarbeit, daneben waren die Rosensträucher der Frau Schumacher. Der kam man besser nicht in die Quere, im Vorbeigehen hat sie Lukas einmal die Ohren langgezogen, als Warnung. Die Buben wollten das nicht riskieren. Sie scherten sich nicht darum, dass das Fußballspielen im Hof eigentlich verboten war. Die Schilder waren alt und an alte Verbote brauchte man sich nicht zu halten. Im Übrigen, dachte sich Lukas, braucht man sich nur an Regeln halten, die man auch selbst sinnvoll findet. Ganz pragmatisch.

Hinter dem Tor war das kleine Gärtchen vom mürrischen Lahner, einem Mann um die sechzig, der jeden Tag in seiner kleinen, etwas mager bewachsenen Weinlaube saß und döste. Vor den Reben wuchsen wilde Erdbeeren und manchmal schlichen sich die Buben in der Dämmerung heran und klauten die süßen Beeren mit hohlen Händen. Beim ersten Mal war es dann doch nur die halbe Aufregung gewesen, sie hörten deutlich einen Fernseher oder ein Radio aus der Wohnung, so laut, dass sie sich sicher waren, dass der Lahner sie nicht hören würde.

Der Lahner lebte schon lange hier, hatte die Mutter einmal gesagt, doch er blieb lieber für sich. Er grüßte kaum und bekam auch selten Besuch. Auch das hatte die Mutter gewusst und gemeint: „Er unternimmt nie etwas, sitzt meist nur daheim in seiner Wohnung." Das ist also ein Tagedieb, hatte sich Lukas gedacht, der das seltsame Wort ein paar Tage vorher in der Zeitung gelesen hatte und sich nicht recht was darunter vorstellen hatte können. *Dem Herrgott die Zeit stehlen* war auch so ein seltsamer Ausdruck. Der Herrgott hat doch Zeit genug, dachte Lukas, da macht es doch nichts, wenn manche Menschen ein wenig Zeit für sich wollen. Lukas dachte an den Herbst und grauste sich vor der Vorstellung, dann ins Gymnasium gehen zu müssen. Er hatte mehr als einmal gehört, dass man dann keine Zeit mehr hätte. Seine zwei Jahre ältere Cousine jedenfalls hatte er, seit sie ins Gymnasium ging, nicht mehr oft gesehen. Lukas schüttelte den Gedanken ab, fand es aber beruhigend, dass manche Menschen, die wenig Zeit hatten, sich ein wenig davon nahmen. Vielleicht borgte er sie sich ja aus. Ausborgen ist weniger schlimm als stehlen.

„Nun schieß endlich!", schrie Hans und fuchtelte mit den Armen, Lukas war so in Gedanken gewesen, dass er den Ball nur instinktiv vor sich herkickte, jetzt schrak er hoch. Peter im Tor spuckte sich in die Hände, so wie es van Breukelen immer vor einem Elfmeter machte, Lukas sah nach links und nach rechts und legte sich den Ball mit dem linken Fuß leicht auf die Seite, dann holte er aus und zog mit dem Innenspann des rechten Fußes mit aller Kraft über das Leder. Er wackelte ein wenig, eine Unebenheit im Boden, dachte er in diesem Moment, der ihm unheimlich lange vorkam, er spürte den Schweiß auf der Stirn und in seinem Nacken ein leichtes Lüftchen. Sein Fuß schwang aus und sein Blick folgte dem Ball, dahinter sah er aber das Gesicht von Peter, der zuerst konzentriert den Schuss erwartete, sich dann aber leicht aufrichtete und mit aufgerissenen Augen der Kugel nachsah. Da erkannte Lukas, dass er den Ball zu sehr von unten geschaufelt hatte, erinnerte sich, dass er in der Drehung mit dem Oberkörper zu sehr nach hinten gerutscht war, und bemerkte nun auch, warum sich in Peters Augen ein gewisses Entsetzen spiegelte. Der Ball segelte über den Kopf des Torwarts hinweg und schlug krachend in die Weinlaube von Herrn Lahner ein, ging durch die Reben hindurch und prallte spauchend gegen die Fensterscheibe. Sie brach nicht, knackste aber verdächtig. Später würde Lukas den Riss in der Scheibe noch aus der Nähe sehen. Ein fein ziselierter Riss, wie ein wild mäanderndes Flussbett, von links unten nach rechts oben, die ganze Scheibe lang, ein solider Fluss mit zahlreichen Seitenarmen.

Lukas erschrak und pfiff mit kaltem Atem durch die Zähne. *Scheiße.* Da sah er den Schatten Lahners, der aus dem Nichts auftauchte. Sie hatten ihn vorher nicht bemerkt, er musste in einem Winkel gesessen haben. Die Buben sahen die zornigen Augen und die erhobene Faust, er schrie etwas, aber Lukas konnte die Worte nicht verstehen. Mit einer raschen Bewegung klemmte sich der Mann den Ball unter den

Arm, *so eine verfluchte* hörte Lukas ein paar Wortfetzen, und *verdammt*. Dann verschwand Lahner in seiner Wohnung. Die Buben standen da wie begossene Pudel. Im nächsten Moment hörten alle die Rufe der Mütter zum Mittagessen. Auch Lukas fiel nichts Besseres ein, als heimzutrotten. Er würde nach einer Beichte zu Mittag später noch einen Canossagang zu erledigen haben.

6

„Komm jetzt und frisier dich!“ Die Mutter war genervt. Sie wollte Lukas nicht so einfach davonkommen lassen und erwartete, dass er sich beim Lahner ordentlich entschuldigte.

„Können wir nicht einfach einen neuen Ball kaufen?“, versuchte Lukas. „Du findest ohnehin, dass der Lahner ein Tagedieb ist“, insistierte er. Unwillig zog er den Kamm durch die noch nassen Haare. Duschen, kämmen und entschuldigen, das war zu viel, fand Lukas.

„Das wäre ja noch schöner“, schnitt die Mutter jede weitere Debatte ab. „Los jetzt.“

Lukas trottete die paar Meter zum nächsten Hauseingang hinter seiner Mutter her. Was nun folgen würde, war ihm sehr unangenehm. Bälle fliegen, manchmal schießen sie eben über das Ziel hinaus. So ist das eben. Da muss man kein Drama machen. Lukas schmollte, um sein doch schlechtes Gewissen zu beruhigen.

War eben *für die Galerie, der Schuss*, dachte er sich. Sportsprech. Lukas übte sich in den Floskeln der Sportjournalisten, studierte den Sportteil der Tageszeitung und horchte genau hin, wenn die ORF-Moderatoren die Spiele kommentierten. Eines Tages wollte er ebenfalls Spiele kommentieren, das war eine Ahnung von Berufswunsch: Sportjournalist. Auch wenn das alles noch weit entfernt schien. Während Peter, Hans und die übrigen Jungs Fußballer werden wollten, hatte Lukas andere Vorstellungen. Er spielte gerne Fußball, natürlich, aber Profi? Unwahrscheinlich. So naiv war er nicht. „War eben ein *Tausendguldenschuss*, kann ja mal vorkommen", versuchte es Lukas noch einmal, sie waren bei der Haustür angekommen. „Hör auf, so zu reden", sagte die Mutter, dann drückte sie auf die Klingel.

Herr Lahner bat sie mit strengem Ton in sein Wohnzimmer, Lukas schwieg und schob sich durch die Tür, er war froh, dass seine Mutter eine Litanei der Entschuldigung anstimmte. *Versicherung, Schaden, der Bub.* Wie von weit entfernt nahm Lukas die Wortfetzen wahr und schaute sich um, er wartete auf sein Stichwort. Inzwischen betrachtete er die Fotos an der Wand, Schwarz-Weiß-Fotografien, ein Mann und eine Frau, drei, vier Kinder, dahinter ein Bauernhof.

Daneben ein Porträt des Mannes, ein Babyfoto, der Bauernhof allein, die Frau mit einem Kleinkind auf dem Arm, nochmals alle zusammen vor einem kleinen Auto stehend.

Auf einer Kommode eine halb volle Schnapsflasche und zwei kleine Gläser, zwei volle Flaschen mit hellem Rotwein, umgedrehte Weingläser mit grünem Stiel. Neben der Kommode ein alter Fernseher, abgedeckt mit einem bestickten Deckchen, darauf ein stilisierter roter Adler. Gegenüber ein schwerer Holztisch, darum eine Eckbank und zwei Stühle, dahinter sah Lukas das Fenster, den Riss. *Lukas. Lukas. Sag was, Lukas.* Die Stimme der Mutter wurde immer ungeduldiger, Lukas stand wie benommen und starrte geradeaus.

„Er ist ein wenig verträumt, gall“, sagte nun Herr Lahner, seine Stimme klang freundlich, was Lukas verwunderte. Er sah in die Richtung und konnte gegen das Licht die Gestalt des Mannes nur schemenhaft erkennen. Er roch den Schweiß und ein wenig den Rotwein, aber es war ihm nicht unangenehm. Eben wollte Lukas seine einstudierte Entschuldigung loswerden, da sah er etwas anderes. Lahner hatte sein Hemd bis zu den Ellbogen hochgekrempelt, und es waren die Arme des Mannes, die Lukas irritierten. Zwischen der dichten Behaarung waren die Unterarme überall mit zentimetergroßen Punkten, kahlen Stellen übersät. Wie Narben, in verschiedenen Brauntönen verfärbt. Auf der Unterseite der Arme sah es Lukas noch genauer, alle paar Zentimeter stiftgroße Flecke, manche gerötet, andere fast weiß. Dann sah Lukas die Hände. Sie zitterten.

„Also abgemacht", sagte die Mutter, „Lukas wird Ihnen als Wiedergutmachung in der nächsten Zeit ein wenig zur Hand gehen, ja? Einkaufen, mit dem Garten, was Sie wollen."

Lukas hörte die Worte und verstand sie dennoch nicht. Er suchte die Augen von Herrn Lahner, dem es sichtlich unangenehm war, was die Mutter vorschlug.

„Das Fenster reicht", sagte Herr Lahner. „Wirklich."

Lukas nickte in die Richtung der Mutter, die aber streng sagte: „Nein, ich bestehe darauf. Lukas?"

Das Stichwort. Er murmelte seine Entschuldigung und fühlte sich unwohl. Er war froh, als sie eine Minute später durch die Haustür in den Hof traten.

7

Lukas saß nun schon eine ganze Weile schweigend auf seinem Stuhl und sah in die Luft. Draußen blies ein kalter Wind, er hatte seine Mütze aber auch in der Wohnung nicht abgenommen. Er fühlte sich mit seiner neuen Aufgabe unwohl und die Zeit verging ihm viel zu langsam. Seit einer gefühlten Ewigkeit saß er auf seinem Stuhl und stierte in das Schweigen des alten Lahner, der schwer konzentriert und langsam einen metallischen Hebel hinunterdrückte.

Auf Drängen seiner Mutter hatte Lukas den Nachbarn endlich besucht, widerwillig und lustlos. Dabei, kam ihm vor, beruhte das auf Gegenseitigkeit. Etwas verlegen und ungelenk hatte Lahner die Wohnungstür geöffnet, als komme ihm sein Besuch mehr als ungelegen, als hätte er wichtige Angelegenheiten zu regeln, bei denen er unter keinen Umständen gestört werden wollte. Wortlos hatte er Lukas in die Küche der kleinen Wohnung gewiesen, auf den Stuhl, dann hatte er lange ausgeatmet und sich an seinen Rücken gefasst, als habe er Schmerzen. *Der Föhn*, sagte er entschuldigend.

Was soll ich denn jetzt mit dir machen, sagte Lahner, wobei Lukas vorkam, als wäre der Satz nicht als Frage gedacht. *Wozu kann ich dich denn nun gebrauchen.* Lukas wusste das auch nicht und beschloss, fürs Erste zu schweigen.

Stumm sah er in den dämmrigen Raum und roch das Alter der Dinge, die darin waren. Dabei war der Lahner nicht das älteste Möbel in dieser Wohnung. Lukas Blick streifte die alte Einbauküche, die nur einen Holzofen besaß, auf dem man auch kochen konnte. Die Fronten der Kästchen waren speckig und rußig davon. Ein Gewürzregal hing schief an der Wand und musste nur eine kleine Schale mit Salz und eine mit Pfeffer tragen. Es war heiß im Raum, denn der Alte hatte eben den Ofen eingefeuert, auf der Platte stand ein alter Topf mit Wasser, der vor sich hin blubberte und dampfte. In der Spüle lag schmutziges Geschirr von vor drei Tagen, ein paar Nudeln lugten aus einem Sieb hervor. Schräg gegenüber standen der grobe Tisch, die Eckbank und drei Stühle rundherum, auf einem saß Lukas. Dahinter war das Fenster, durch das schwaches Licht fiel, so lange war es schon nicht mehr geputzt worden. Rechts vom Tisch war die

Tür zum Vorhaus, daneben eine klobige Kredenz, die Lukas schon beim letzten Mal aufgefallen war. Auch heute standen Weingläser umgedreht auf einem kleinen Stickdeckchen, daneben ein paar Weinflaschen; seltsamerweise waren mehrere davon halb voll, keine aber war wirklich leer. An der anderen Wand wellte sich eine altmodische Tapete an mehreren Stellen, Blumen und Ornamente in Beige und Blassgrün, mit ungesund braunen Punkten. Zwischen den Punkten und den Blumen hingen zwei Bilder: eines zeigte einen alten Bauernhof, im Winter aufgenommen, es lag Schnee. Am rechten Bildrand standen zwei Kühe neben einer älteren Frau. Das andere Bild zeigte einen Mann in Uniform, um die vierzig, mit Schnurrbart und einem seltsam ausdruckslosen Gesicht. Ein Fotografenfoto in Schwarz-Weiß, im unteren Bildteil war mit schwarzem Stift ein Name geschrieben worden, daneben: *Winter 42, Smolensk.*

Lukas war froh, als der Alte nun anfing, in einer kleinen Mühle Kaffeebohnen zu mahlen. Das Pulver stopfte er sorgfältig in ein Sieb und schraubte das Ganze in den seltsamen Apparat mit dem langen Hebel. Von zu Hause kannte Lukas ausschließlich Filterkaffeemaschinen, bei denen sich der Kaffee scharf röchelnd durch diverse Schläuche zwängte. Besonders unangenehm war ihm der leicht verbrannte Geruch nach Verkohltem, wenn seine Mutter den Kaffee lange in der Kanne in der Maschine stehen ließ. Irgendwie schaffte sie es nicht, genau die Menge zu kochen, die sie auch trinken wollte, immer garten unangenehm riechend zwei Tassen Restkaffee in der Warmhalte der Maschine, bis die Mutter alles zusammen wegschüttete und die Kanne auswusch.

Lahner bearbeitete ein ganz anderes Gerät, umständlich zog er den langen Hebel, lautlos, wobei es so aussah, als bereitete das alles viel Mühe. Tatsächlich presste er so unter großer Anstrengung schließlich eine kleine Pfütze Kaffee in eine noch kleinere Tasse. Dann wiederholte er den Vorgang. *Ein Schluck Kaffee kann nicht schaden*, sagte er und stellte Lukas eine Tasse hin, während er seine in einem Zug leerte. Lukas schämte sich zu sagen, dass er noch nie Kaffee getrunken hatte, schwieg daher und leerte die Tasse mit zusammengekniffenen Augen. Sein Mund verzog sich im Gleichklang zur Bitterkeit des Kaffees, aber als er am Ende die Süße des Zuckers schmeckte, horchte er auf. Vielleicht konnte er hier, in seinem strafweisen Exil, mehr lernen, als stumm auf einem Stuhl zu sitzen.

Zwischen den kleinen, bitteren Schlucken deutete Lukas nun auf die beiden Bilder an der Wand. Was denn das für ein Bauernhof sei, fragte er, und Lahner nickte. „Das da rechts, bei den Kühen, das ist meine Mutter." Lukas kannte niemanden, der auf einem Bauernhof aufgewachsen war; alle, die er kannte, hatten ihr ganzes Leben in der Stadt verbracht. „Dann war das Ihr Zuhause?", stellte er nüchtern fest, um es sich besser vorstellen zu können. *Ein Zuhause auf einem Bauernhof auf dem Land,* sagte er sich, *wie Michel aus Lönneberga.*

„Aufgewachsen ja", sagte Lahner, „ein Daheim aber nicht." Lukas stutzte, das kam ihm seltsam vor. Wo man aufwächst, bei seinen Eltern, ist normalerweise auch das Daheim. Fragend sah er dem Alten ins Gesicht. Der beobachtete ihn ganz genau, dann gab er ihm einen Wink. „Komm, gehen wir ins Kino", sagte er, „dann zeige ich dir meine Heimat."

Lukas horchte abermals auf und wenig später standen beide auf der Straße. Sie gingen den gleichen Weg, den Lukas gekommen war, die Gumppstraße entlang Richtung Innenstadt. Vorbei an den kleinen Häusern der *Neuen Heimat,* an der kleinen Trafik und den Ladenlokalen, dem Rauchfangkehrer, dem Pelzgeschäft, dem Laden für Spirituosen und Weine, davor die größeren Rasenstücke und kleinen Hecken. Sie gingen weiter und über die Kreuzung, an der Konditorei vorbei und der Bank an der Ecke, schräg gegenüber der Poststelle, und wieder schräg gegenüber war ein Lebensmittelgeschäft mit weit ausladendem Eingangsbereich und einem Vordach auf minimalistischen Säulen, drei kleine Stufen führten zum Laden, darauf steuerte Lahner zu und blieb stehen.

„Was machen wir hier?“, fragte Lukas, der sich wunderte, was das Lebensmittelgeschäft mit dem Daheim Lahners zu tun haben sollte. Der aber zeigte mit der Hand durch die Schaufenster und deutete auf die Decke im Laden. Schwere, dunkle Balken bildeten dort den Rahmen für ein Fresko. Lukas staunte, das Gemälde war ihm noch nie aufgefallen, wenn er mit seiner Mutter einkaufen gegangen war.

„Nur weil du etwas nicht siehst, heißt das nicht, dass es nicht da ist“, nahm Lahner ihm den Gedanken vorweg. „Und übrigens, das war nicht immer ein Lebensmittelgeschäft. Früher war das ein Kino, zu meiner Zeit.“

Lukas versuchte zu verstehen, was der Alte ihm sagen wollte. Ihm kam vor, dass er ihm mehr zeigen wollte als nur einen Laden, der früher ein Kino gewesen war. Ihm war klar, dass sie beide nicht ins Kino gehen würden, um einen Film zu sehen. Immerhin waren sie, in der verqueren Sicht des Alten, ja wirklich in ein Kino gegangen.

„Und das Daheim?“ Lukas hatte nicht vergessen, warum sie überhaupt losgegangen waren.

Lahner lächelte, als freute er sich über eine Pointe, dann aber fiel ihm das Lächeln wieder aus dem Gesicht. „Das Daheim ist fort“, sagte er. „Verschwunden, wie das Kino. Eigentlich ist es verschwunden.“

Lahner machte eine Pause und fixierte Lukas. „Und jetzt gehe ich was trinken, und du, wohnst du nicht schräg gegenüber auf der anderen Straßenseite?“

Ohne eine Antwort abzuwarten, ging Lahner los und verschwand nach zwanzig Metern in einer kleinen Bar. Lukas sah ihm lange nach, dann nahm er die drei Stufen auf einmal und rannte nach Hause.

8

Giuseppe Monte bog bei der Triumphpforte in die südliche Maria-Theresien-Straße ein. Er ging den gleichen Weg wie jeden Tag und klapperte alle Telefonzellen in der Innenstadt, die er kannte, ab. Gerade hatte er in der einen Zelle am Rande des Landhausplatzes, schräg gegenüber der Kommunalbetriebe und des Casinos, einen ausgesprochen reichen Fund gemacht. Er sammelte Telefonwertkarten, die die meisten Benutzer, war ihr Guthaben verbraucht, in den Telefonhäuschen zurückließen. Monte wusste selbst nicht genau, wann dieser Sammeltick zu seinem Hobby geworden war. Ihm gefielen die verschiedenen Motive der Karten, die diversen Werbungen und Hinweise, und schließlich gab es weitaus extravagantere Sammelleidenschaften als seine. Manche Menschen sammelten Bierdeckel oder Kronkorken, ein Gebiet, das mehr das Laster des Trinkers verriet. Jeder beschäftigt sich mit der Materie, die sein Leben bestimmt, auch im Sammeln. Andere sammelten aus

Geltung, wie jene, die Uhren oder Schmuck oder antike Möbel anhäuften, wieder andere gaben sich bildungsbeflissen und sammelten Bücher – das personifizierte Wissen –, aber auch da gab es Unterschiede. Die nobleren Sammler, die es sich leisten konnten, sammelten antiquarische Bücher, Erstausgaben oder seltene Drucke, spezielle Regionalia oder schlicht Bände, von denen sie wussten, dass sie gesucht und wertvoll waren. Diese Bücher waren ähnlich einem Sparbuch, sie verloren bei entsprechender Pflege nicht an Wert. Im Bereich der Bücher gab es aber auch die Lumpensammler, wenn man so wollte, die an keiner Wühlkiste vor den Geschäften vorbeikamen und wahllos alle Bücher kauften, die sie sich leisten konnten. Wie Hamster trugen sie Papier über Papier zusammen und konnten sich vermutlich nicht mehr daran erinnern, wann sie zuletzt ein Buch *gelesen* hatten. Wie bei den meisten Sammlern hatte sich da der Gegenstand des Sammelns verabschiedet und das Sammeln selbst wurde zum eigentlichen Zweck. Sammeln um des Sammelns willen.

Für Giuseppe Monte waren Bücher nicht das Richtige, da sie zu viel Platz wegnahmen, abgestaubt werden mussten und vielleicht sogar gelesen werden wollten. Das war für ihn der eigentlich springende

Punkt. Giuseppe Monte las nicht gerne. Zumindest nichts, was über die tägliche Zeitungslektüre des Sportteils hinausging, vom Wetterbericht abgesehen. Wenn er es sich genau überlegte, hatte er mit seinen alten Telefonwertkarten ein großes Glück gefunden. Sie waren klein und sauber und ein ganzer Stapel, oft die Ausbeute eines Monats, passte problemlos in die Jackentasche. Ein schlichtes, fast anspruchsloses Hobby. Monte war da ganz pragmatisch veranlagt, nicht wie die verrückten Sammler in der Schweiz, von denen er gehört hatte. Da gab es tatsächlich Menschen, welche die Abziehdeckel von den kleinen Sahnetiegelchen, die man im Kaffeehaus zum Kaffee dazubekam, sammelten. Nicht nur sammelten, sondern akribisch vom Deckel lösten, wuschen, bügelten und anschließend fein säuberlich in ein Album einlegten; wie Briefmarken!

Giuseppe Monte hatte es im Fernsehen gesehen. Das war doch verrückt! Natürlich gaben sich die Schweizer Sammler einen Sinn für ihr Hobby, sie sprachen von eigenen Serien, die die Herstellerfirma produzierte, mit speziellen Motiven und Mottos – etwa zu Tieren im Alpenraum oder zu Sportgroßveranstaltungen –, *aber seien wir ehrlich*, sagte Monte manchmal zu sich, *die sind einfach nur verrückt!*

Monte zog den Schal enger um seinen Hals. Es ging ein starker und kühler Föhn in Innsbruck, obschon es Juni war und die letzten Wochen eigentlich sehr warm gewesen waren. Monte sah in den immer blauen Himmel über der Stadt und hinauf zu den steilen Bergen, die bei diesem Wetter sehr nah waren. Selbst zu dieser Jahreszeit sah man noch Schneereste und einzelne Zungen, die bis zu den grünen Flecken der Bäume und Almwiesen der Nordkette reichten, ein seltsamer Kontrast.

An diesen Tagen sehnte sich Monte nach den lauen Sommernächten und -tagen in seinem Heimatdorf nahe Rom. Wie anders war dort das Klima, trocken und heiß im Sommer, nicht zu kalt im Winter. Ideal für die tiefroten Weine, die in der Gegend angebaut wurden, die roten Tomaten, die so intensiv schmeckten wie der bittere Espresso, der nur in kleinen Schlucken getrunken werden konnte. Das Leben dort war intensiv und erregend, so kam es Monte vor, nicht nur für den Gaumen. Wie anders kam es ihm hier im Norden vor, wie schal und gleichgültig nahm man die vergleichsweise faden Lebensmittel hin, die nach Wasser schmeckenden Tomaten, den nach Wasser schmeckenden Kaffee, Wein gab es nicht einmal, nicht in diesem Teil von Tirol.

Monte verzog bei dieser Vorstellung den Mund. Dabei war er ja selbst schuld gewesen, warum hatte er auch eine Frau aus dem Norden heiraten müssen, eine Österreicherin, eine Tirolerin. Warum hatte er keine Frau aus seinem Dorf heiraten können, das hatten ihn auch seine Eltern immer wieder gefragt. Giuseppe Monte hatte nur mit den Schultern gezuckt. Es hat sich eben alles so ergeben.

Als er als Carabiniere nach Norden versetzt worden war, hatte er sich nicht vorstellen können, hier sesshaft zu werden – im Feindesland. Als Giuseppe zum Grenzdienst an den Brenner verlegt wurde, herrschte Krieg. Südtirol war zu dieser Zeit im Ausnahmezustand. Der Befreiungsausschuss für Südtirol hatte dem italienischen Staat den Krieg erklärt, in der Herz-Jesu-Nacht des Jahres 1961 wurden zeitgleich dutzende Strommasten gesprengt, der Auftakt für einen jahrelangen Guerillakrieg. Der italienische Staat reagierte wie jeder Souverän, der die Anliegen von Aufständischen nicht versteht, mit Härte. Er schickte Truppen in seine nördlichste Provinz und verwandelte das ganze Land in eine Kaserne, fast 40.000 Militärs wurden an die Grenze zu Österreich verlegt, um einen möglichen Volksaufstand, der jeden Tag erwartet wurde, wenn nötig mit Waffengewalt niederzuschlagen.

Giuseppe Monte verstand davon damals nicht viel; am wenigsten verstand er den Hass der Einheimischen auf die Carabinieri und alle Italienisch sprechenden Einwohner. Er verstand den Hass nicht, konnte ihn aber in den ersten Wochen seines Dienstes fast körperlich spüren. In den misstrauischen Blicken der Bauern, dem strengen Gang der Frauen, den hängenden Köpfen der Kühe und Pferde auf den Weiden. Das ganze Land schien getränkt von diesem Hass, von dem Giuseppe Monte nicht wusste, woher er kam. Sie waren doch alle Italiener, seit Jahrzehnten.

Was er außer dem Hass noch spürte, war ein anderes, nicht weniger unangenehmes Gefühl, jenes der Angst. Angst, bei der nächsten Kontrolle an der Grenze, bei einer einfachen Überprüfung von Fahrzeugpapieren, bei einem einfachen Besuch in einem Gasthaus angegriffen zu werden. Es herrschte eine allgemeine Hysterie, dachte Monte manchmal, mit der beruhigenden Distanz von mehr als dreißig Jahren. *Seid hart und kompromisslos*, forderten die Vorgesetzten, *es herrscht Krieg*. Monte und die anderen glaubten das. Sie glaubten ihrer Angst.

Monte erinnerte sich, wie nervös sie alle waren. Wie jener Kollege, der in der Kaserne in Bozen in der Nacht Wache hielt, seinen eigenen Tarnanzug und seine Taschenlampe für einen Terroristen hielt und mit seiner Maschinenpistole losfeuerte. Natürlich war ihm das peinlich, und um seinen Fehler zu vertuschen, löste er Großalarm aus. Minutenlang schossen dann seine Kameraden und er mehrere Magazine leer, blindlings in den Wald und die Nacht.

Ganz einfache, nichtige Anlässe konnten empfindliche Strafen nach sich ziehen, etwa bei Fahrzeugkontrollen, wenn man einen Kanister Benzin zur Reserve im Wagen hatte. Oder wenn man zur falschen Zeit am falschen Ort war. Eine Weile lang warnten Papp- und Metallschilder vor dem Postamt in Bozen jeden Passanten, dass zwischen 21 Uhr abends und 5 Uhr früh jede Annäherung und jedes Verweilen absolut verboten sei.

Erst später dämmerte Monte, dass er nicht als *Befreier*, sondern als *Besatzer* in den Norden gekommen war.

Monte hatte nun die untere Maria-Theresien-Straße erreicht, kurz nach der Annasäule begannen die ersten Holzstände, es war heute Markttag. Die Bauern der Umgebung boten Salat und Gemüse, Käse und Speck an. Giuseppe Monte schlenderte langsam durch die Marktstände und sog den Geruch der Waren ein, auch das war für ihn eine schöne Erinnerung an seine Kindheit im Süden, das Markttreiben mit seinen vielen Düften.

Eben schloss er für einen Moment die Augen, doch als er sie wieder aufmachte, erschrak Giuseppe Monte. In einiger Entfernung sah er einen älteren Mann in Begleitung eines Jungen auf sich zukommen. Es war mehr das plötzliche Empfinden einer ungewissen Angst als ein wirkliches Wiedererkennen, aber als der Mann näher kam, stieg eine leise Ahnung in ihm empor. Giuseppe Monte schüttelte sich kurz und machte kehrt, rasch verließ er den Markt in entgegengesetzter Richtung.

9

Manchmal sah der Alte den Lahnerhof vor sich, wie er ihn gekannt hat. Es war ein kleiner, alter Bauernhof auf einer weiten Wiese, Hanglage. Unterhalb des Hofes standen alte Apfelbäume, zum Wald hin wilde Kastanien. Sie bewirtschafteten den Hof aber hauptsächlich mit Fleischschafen. In seiner Erinnerung grasten die Schafe bei Wind und Wetter gleichmütig auf den Hängen unter- und oberhalb des Hofes. *Die Schaf san die Zukunft*, hatte der Großvater immer gesagt. Im Dorf hatten sie sich gewundert, dass der alte Lahner von einem Tag auf den anderen von Milchvieh auf Schafbewirtschaftung umgestiegen war. Seine Frau hatte er sich nicht im Dorf gewählt, die hatte er aus dem Osttirolischen geholt. Vielleicht gefiel ihm deshalb die Schafwirtschaft so gut. Die kargen Hänge im Osttirolischen gaben für kein anderes Vieh etwas her. Aber in Südtirol?

Der kleine Josef mochte es, wenn sein Vater aus dem Stall in die Stube kam und nach dem Scheren so intensiv nach Heu und Schaf roch. Es war wie ein Ritual, die Mutter stellte eine Kanne mit Milch auf den Holzofen und rührte, kurz bevor die Milch zu kochen anfing, den Grieß unter, das ließ sie dann stehen, bis der Vater kam. Je nachdem, wie bockig die Schafe waren, konnte das dauern und der Grieß kochte ein, bis es nur noch eine leicht angebrannte Pampe war. Für den Vater gab sie auch noch etwas Wein dazu, die Kinder bekamen die übrige Milch.

Als der Vater, der Onkel und der Großvater an diesem Tag endlich aus dem Stall kamen, saßen sie alle schweigend um den großen Tisch, auch die Knechte und Mägde, wie jeden Tag. Es herrschte eine seltsame Stimmung, dachte sich Josef noch Jahre später, auch wenn er damals nicht wusste, was vorging. *Die Faschisten suchen wieder jemanden*, hatte die Mutter dem Vater vor dem Frühstück gesagt, der Josef konnte sich darunter aber nichts vorstellen. Er war damals zehn und wusste weder etwas von den Katakombenschulen des Pfarrer Gamper noch davon, dass es nicht erlaubt war, in ihrer deutschen Muttersprache unterrichtet zu werden. Oben auf ihrem Hof bekamen sie von der Welt nicht viel mit. Vom Tal draußen erst recht nichts. Er erinnerte sich, dass er den Vater an diesem Tag besonders genau beobachtete, er suchte in seinem

Gesicht nach einer Regung, einer Erklärung für die drückende Stimmung, die über ihnen allen lag. Er fand nichts. *Heuen müssen wir*, sagte der Großvater, der Vater und der Onkel nickten und alle standen auf. Für den anderen Tag kam wahrscheinlich Regen, und so machten sich alle bereit, die untere Wiese zu bearbeiten.

Es war eine anstrengende Arbeit, denn der Hang war steil. Sie arbeiteten alle schweigsam für Stunden vor sich hin, als sie plötzlich Motorenlärm aus der Ferne hörten. Er kam aus dem Tal herauf und Josef sah zuerst auf den Vater und folgte dann seinem Blick ins Tal. Weit entfernt schlängelte sich eine Kolonne von Autos den Forstweg, der zum Lahnerhof führte, herauf. Der Motorenlärm kam rasch näher. *Wir liefen alle vor dem Haus zusammen,* erinnerte sich Josef, *nur der Vater führte weiter gleichmäßig die Sense durchs schon feuchte Gras.* Dann hörte man die quietschenden Bremsen, etwa ein Dutzend bewaffnete Carabinieri sprangen aus den Autos und rannten auf den Hof zu. Es war ein unglaublicher Lärm ums Haus und man verstand kein Wort, man sah die Carabinieri nur die Münder auf- und zumachen. Aber es war nichts Gutes, was sie schrien, dachte Lahner, denn sie schauten wie irr und grimmig in die Gegend und klammerten sich an ihre Gewehre. Den Vater beeindruckte das nicht; er zog seine Pfeife aus der Manteltasche und fing zu stopfen an, dabei lehnte er sich auf seine Sense. Der Onkel, der danebenstand, nahm seinen Hut ab und wischte sich den Schweiß von der Stirn. Der Großvater winkte den Frauen, dass sie sich um die Kinder kümmern sollen.

Da hatten sie die drei Männer schon erreicht und Josef verstand nur Brocken von Italienisch, *dai* und *fai* und *subito*. Der Vater reagierte immer noch nicht, denn er verstand kein Italienisch. Das war natürlich eine Provokation und schon schlug ihm der erste Carabiniere die Sense aus der Hand und der zweite rammte ihm sein Gewehr in den Rücken, sodass der Vater vornüberfiel und im Gras lag. Die eine Hand drückten sie ihm hinten in den Nacken und die Nase tiefer in die Erde. Dem Großvater und dem Onkel erging es nicht besser. Das Einzige, was Josef in dem Moment wahrnahm, war ein schriller Schrei seiner Mutter und das dumpfe Geräusch eines Gewehrkolbens, der den Knecht im Gesicht traf, als er zu Hilfe kommen wollte. Dann waren die anderen Carabinieri auch schon da und brüllten, dass sich alle flach auf den Boden legen sollten. Wie gleichgültig sank Josef auf die Knie und nahm seine Hände überkreuz in den

Nacken. Hier oben war das Gras noch höher und so konnte er, das Gesicht auf dem Boden, nicht mehr zum Vater schauen. Er hörte nur die Italiener, die gebellten Befehle, am deutlichsten hörte er aber seinen eigenen Atem und fühlte sein schlagendes Herz. *Das ist also Angst*, dachte er und es drückte ihm die Tränen in die Augen. Er schämte sich und fühlte sich hilflos. Er fühlte aber auch Wut, und Sorge. Sorge weniger um sich, sondern um seinen Vater, den Großvater, den Onkel, seine Mutter, seine Geschwister. Vor allem aber schämte er sich, weil er all das nicht verstand. In Josef empörte es sich, es war ungerecht, das fühlte er genau. Was wollten die Männer, sie hatten ja nichts getan.

Er hörte genauer hin, versuchte die Satzfetzen zu verstehen, die die Carabinieri den Männern hinwarfen. Der Vater stammelte aber nur noch, denn der Gewehrkolben traf ihn, wie Josef zu hören meinte, alle paar Sekunden. *Ich weiß nicht*, rief der Vater, *ich verstehe nicht*, und: *Redst doch – verdammt noch amol – Deitsch.* Und wieder der Gewehrkolben.

Josef richtete sich auf, er wollte seinen Vater sehen, da fühlte er den unsanften Griff seines Bewachers, der ihn auf die Erde drückte. Es wurde ihm schwarz vor Augen vor Angst.

So ging das eine Ewigkeit hin, es wurde Abend und der Tau kam in die Wiesen. Sie mussten weiter da liegen. Ein paar Soldaten durchsuchten den Hof, den Stall, die Scheune, sie aber lagen im Gras und durften sich nicht rühren. Josef verlor langsam das Gefühl in seinen Gliedern, alles wurde taub. In seinen Ohren hörte er ein Sausen, seine Schmerzen gingen in eine dumpfe Gefühllosigkeit über. Wie von fern hörte er das Wimmern seiner Geschwister und seiner Mutter, einzig die Anna, die erst fünf war, durfte aufstehen und bei der Mutter knien. So ging das zwei, drei Stunden lang. Sie ließen sie im Gras liegen und rauchten Zigaretten. Der Geruch der parfümierten Marke stieg Josef unangenehm in die Nase und betäubte seine Wut für einen Moment. Alles, was er sehen konnte, waren Stiefel und Zigarettenstummel, die vor seinen Augen ausgetreten wurden. Es dämmerte schon. Wieder hörte er italienische Befehle, die wie ein Bellen in die Luft geworfen wurden. Dann sah er aus den Augenwinkeln seinen Vater, er blutete stark am Kopf und sein rechtes Auge war geschwollen. Sie zerrten ihn und den Onkel auf den Rücksitz des Autos, den Großvater ließen sie im Gras liegen, und augenblicklich wurde Josef wieder schwarz vor Augen. Das surrende Starten des Wagens drang schon nicht mehr in sein Bewusstsein.

10

Lukas fläzte sich nachlässig in seinem Stuhl und schaufelte die Nudeln mit Tomatensauce in sich hinein. Er wollte eigentlich keine Zeit verlieren und rutschte immer wieder unruhig auf seinem Sitz hin und her. Von Zeit zu Zeit griff er unter dem Tisch in seine Hosentasche und tastete nach den zwei größeren Scheinen, die er zu seinem Geburtstag von den beiden Tanten geschenkt bekommen hatte. Dazu die paar Schilling, die ihm noch von seinem Taschengeld geblieben waren. Das war viel Geld für ihn und er wusste genau, wofür er es ausgeben würde.

Iss auch den Salat. Die Mutter.

Ein stummes Nicken und ein Augenverdrehen, das musste reichen. Lukas konnte sich heute nicht mit dem üblichen Protest aufhalten. Er wollte so schnell wie möglich zur Tür hinaus und auf die Straße, dann weiter, hin zur kleinen Trafik an der Ecke. Dort warteten sie auf ihn.

Meist war ihm der Gang in die Trafik eher unangenehm, da ging er aber auch nicht freiwillig. Oft musste er für die Mutter ein Päckchen Zigaretten holen oder eine Zeitschrift, manchmal den Lottoschein für die Tante, die im nächsten Hof wohnte, noch rechtzeitig einlösen. Selten hatte er die paar Schilling, dass er für sich selbst etwas kaufen konnte. Er mochte den Geruch nicht, den die Trafik verströmte. Der kam aus dem hinteren Raum, aus dem der Trafikant nach einer trägen Ewigkeit hervorschlich, wenn er die Türklingel gehört hatte. Falls er sie gehört hatte. Immer umgab ihn eine Wolke von kaltem Zigarettenrauch und abgestandenem Bier. Er war freundlich, das schon, aber irgendwie unangenehm, dachte Lukas, mit seiner Fettleibigkeit und den schlechten Zähnen, den strähnigen Haaren.

Im hinteren Raum saß der Trafikant meist mit den vier, fünf schiefen Typen der umliegenden Häuser zusammen, die dort schon ab zehn Uhr vormittags Bier tranken. *Zerstörte Existenzen*, hörte Lukas seine Mutter sagen, doch in ihren Worten klang irgendwie kein Mitleid mit. Diese Verachtung hatte Lukas übernommen; obwohl er sich dafür schämte und obwohl er nie eine dieser Existenzen zu Gesicht bekommen hatte. Es waren immer nur die Stimmen, die zusammen mit den Worten seiner Mutter diese Abneigung hervorriefen. Und der muffige Geruch.

Manchmal stand auch eine Frau hinter der Budel, an diesen Tagen war es erträglich. An diesen Tagen schwiegen auch die Stimmen aus dem hinteren Raum. Er mochte die Frau irgendwie und an Tagen, an denen sie besonders freundlich zu ihm war, schämte er sich ein wenig. Er dachte daran, dass er das eine oder andere Mal, wenn der Trafikant zu langsam aus dem hinteren Zimmer gekommen war, eine Kleinigkeit geklaut hatte. Süßigkeiten, die in runden Gläsern auf der Theke standen, in die man nur verkehrt hineingreifen musste, war man ein wenig geschickt. Da schlug Lukas das Herz bis zum Hals. Die Scham darüber, gestohlen zu haben, entfremdete ihn von seinen Eltern, denen Ehrlichkeit – so schien ihm – das Wichtigste war.

Das alles zählte heute nicht. Heute endlich war der erste Tag, an dem sie verkauft wurden. Lukas dachte nicht daran, dass er sich schon in wenigen Wochen über die steigende Anzahl an Doubletten ärgern würde, *die Doppelten*, wie sie von ihm und seinen Kameraden verächtlich genannt wurden. Die Spieler selbst wurden Ziel ihrer Verachtung, als ob sie allein durch ihre Häufigkeit zu schlechten Fußballern wurden. Seit Tagen dachte Lukas an nichts anderes als an das PANINI-Album und die Sticker mit Fußballern, die alle in diesem Jahr zur WM in Italien fahren sollten.

Bis zum Sommer waren es noch gut drei Monate, genug Zeit, die leeren Felder des Albums zu füllen. Genau darin wollte Lukas sein Geld investieren, in Abbilder der wahrscheinlichen Nationalmannschaften, die nach Italien fuhren. Erst später sollte Lukas erkennen, dass die Mannschaften, in die er sich in diesem Sommer so hineinsteigern würde, im Grunde von PANINI selbst nominiert wurden anstelle von den Trainern; bei manchem Spiel sah er später Fußballer, die in seinem Heft – obschon komplett – fehlten, da sie erst später in ihre Nationalmannschaft berufen worden waren. Das Wort *Redaktionsschluss* hatte für Lukas in diesem Sommer keine Bedeutung. Umso unmittelbarer war die Verachtung für die beschriebenen *Doppelten*, umso direkter die Bewunderung für die seltenen Karten, die Stars der Mannschaft. *Matthäus, Maradona, Gullit, Van Basten.* Seltsamerweise war *Gary Lineker* keine seltene Karte. Der Engländer war für Lukas dennoch ein Held, später ein tragischer.

Der Trafikant unterdessen zählte Lukas lachend das Restgeld in die hohle Hand und verschwand wieder in den hinteren Raum. Mit einem Stapel Sticker-Briefchen verließ Lukas die Trafik und machte sich auf den Weg nach Hause. Aber vorher wollte er noch bei dem Alten vorbeischauen, bei dem er in den letzten Wochen immer Zeit verbringen musste. Der Alte. So nannte Lukas den Lahner, meinte das aber weder gemein noch spöttisch. Diese Zeit war Lukas mittlerweile fast ebenso viel wert wie die Kärtchen in seiner Hand. Dabei wollte der alte Lahner immer nur reden; reden und spazieren gehen. Was waren sie mittlerweile nicht schon für Wege gegangen, dachte sich Lukas, Wege hin und Wege her, zwecklose Wege, weil sie nie ein Ziel hatten, und doch nicht sinnlos. Er konnte es nicht beschreiben, aber im Gehen und Erzählen des Alten verging Lukas die Zeit wie ein flüssiger Faden, der ihm – wie nebenbei – ganze Welten öffnete. Lahner wusste davon nichts, erhob sich aber träge, als er das Schellen der Klingel hörte.

11

Lukas mochte den Schwimmkurs mit seiner Schulklasse nur bedingt. Jeden Mittwochvormittag lotste ihre Klassenlehrerin sie geschlossen in das unscheinbare Gebäude neben dem Rapoldipark. Was ihn nervte, war der Aufwand, der betrieben werden musste, bis man endlich schwimmen konnte. Das permanente Abzählen der Gruppe, die Zweierreihen, in denen zu gehen man gezwungen war, die Albernheiten der Mitschüler, die alles nur verzögerten. Lukas sah das pragmatisch, auch wenn er selbst oft nicht stillhalten konnte; in Momenten, in denen sich alles nur verzögerte, wenn man unruhig war, war es ihm möglich, sich zu benehmen. Dennoch dauerte und dauerte es immer unerträglich lange, bis sie im Schwimmbad angekommen waren. Dort war es dann auch nicht viel besser. Es dauerte, bis die Lehrerin die Karten für die Klasse gelöst hatte, bis sie endlich in den Umkleidekabinen waren, bis jeder einen Spind hatte und endlich seine Kleider ausziehen konnte. Es dauerte und er hasste es, dass es so lange dauerte, denn bereits in den Umkleiden war es so warm und feucht, dass Lukas sich vom ersten Moment an unwohl zu fühlen begann. Seine Hosen waren ihm dann zu eng und sein T-Shirt kratzte, er begann zu schwitzen und er fühlte dieses Wärmekitzeln auf der Haut, das ihn nur noch mehr an das Wasser denken ließ. Dennoch dauerte alles, bis man dann zumindest in den Duschbereich treten konnte. Es waren schlechte Tage, wenn seine Mutter ihm seine Badelatschen einzupacken vergessen hatte. Die feuchte und schwüle Wärme, die ständig tropfenden Duschen, die Hektik der vielen Buben und vereinzelter Männer, das alles wollte er eigentlich nicht erleben. Der Gedanke an Fußpilz, den er eigentlich nur aus Erzählungen seiner Tanten kannte und den er sich wie eine Mischung aus Karfiol und Warzen vorstellte. Es schüttelte ihn und er dachte an seine Badeschuhe, die daheim im Vorhaus herumlagen. Es ekelte ihn und im vorauseilenden Gehorsam spülte er sich seine Füße am Desinfektionshahn besonders gründlich. In diesen Momenten dachte Lukas noch daran, ob er sich nach Hause sehnen sollte oder ob der Tag noch erträglich werden konnte. Er dachte an die zwanzig Schilling, die ihm seine Mutter für die Jause mitgegeben hatte, an die Pommes mit Ketchup, in die er sie umzusetzen gedachte. Das war immerhin ein Hinweis darauf, dass es doch ein guter Vormittag werden würde, wie gut, dass seine Eltern ein wenig verschlafen hatten und deswegen keine Zeit geblieben war, Jausenbrote zu streichen.

Dann endlich in der großen Schwimmhalle, auch hier diese Schwüle, und wieder Zweierreihen, bis jeder sein Handtuch irgendwo hingelegt hatte, die hektische Fistelstimme der Lehrerin, die an diesen Tagen immer überfordert war und prophylaktisch die Buben ermahnte, auch wenn sie noch gar nichts gemacht hatten. Die heutige Begleitperson war eine junge Aushilfslehrerin, die übermüdet und gelangweilt danebenstand und immer wieder hinter kaum vorgehaltener Hand gähnte. Alles dauerte und Lukas wartete und wartete, dann tauchte er endlich unter und alles war vergessen. Es konnte noch ein guter Tag werden.

Josef Lahner sah auf den Kalender, der neben der Küchenuhr an der Wand hing. Es war Mittwoch, und er wusste, was das bedeutete. Einen Moment später läutete es an der Tür. Ein freundlicher junger Mann vom mobilen Pflegedienst stand vor der Tür und lächelte. *Herr Lahner?* Josef Lahner tippte auf Zivildiener, unglücklich verliebt und Geisteswissenschaftler, wahrscheinlich Geschichte, vielleicht Kunstgeschichte. Im Laufe des Vormittags erzählte sein heutiger Pfleger von einem Mädchen namens Anna, mit der er eine kleine Wohnung umbauen würde, in einem Punkt revidierte Lahner seine Meinung.

Irgendwie fand er die Idee ja gut, dass er jede Woche einmal so betreut wurde, auch wenn er die Aufmerksamkeit nicht mehr so wichtig fand, seit der Nachbarsjunge ihn regelmäßig besuchte. Vor zwei Jahren, als er anfing, kaum mehr vor die Tür zu gehen und meist den ganzen Tag in seiner Wohnung zu sitzen, war es ihm eine willkommene Abwechslung gewesen, mit den Zivildienern und anderen Pflegern ein wenig herumzukommen. Regelmäßig nahmen ihn die Betreuer auch ins Hallenbad mit, Wassertraining in der Gruppe mit anderen Pensionisten, so auch heute.

Irgendwie waren sie ihm peinlich, diese wohlgemeinten therapeutischen Übungen, die sie in der Gruppe machten. Wassertreten, Wassertennis mit lächerlich kleinen Gummibällen und Plastiktellern, die wie Campinggeschirr aussahen, die Schwebeübungen mit den Schaumstoffwürsten im Nacken und die ganzen aufmunternden Worte der blonden, jungen Therapeutin vom Beckenrand aus, die treuherzigen Blicke der Zivildiener in ihren langen Shorts, die den älteren

Damen beim Schweben behilflich waren. Lahner kam das alles ein wenig lächerlich vor, vermutlich, weil er meistens der einzige Mann in der Gruppe war und dem leicht anzüglichen Zwinkern und Schäkern der Damen ausgesetzt war. Er schwieg dazu oder verzog das Gesicht. Wenn die Damen dann von ihren verstorbenen Gatten zu erzählen anfingen – ein Thema, auf das sie knapp nach dem Lamento über die kleinen und größeren körperlichen Beschwerden anschnitten –, ging Lahner auf Tauchstation. Sich ein wenig treiben zu lassen unter Wasser, die Luft anhaltend, das mochte er. Er mochte auch den unangenehmen Moment, in dem ihm die Luft auszugehen drohte, und er schob das Auftauchen immer ein wenig hinaus, bis er in der Lunge ein leichtes Brennen verspürte, dann öffnete er seine bis dahin geschlossenen Augen und spürte, wie ihm das Chlor die Tränen hochsteigen ließ, dann erst tauchte er auf und atmete durch.

... und dann ist der Herbert von einem Tag auf den anderen gestorben, hörte er eine der Damen, deren Namen er sich nicht merken konnte, sagen und wusste, er hatte nicht wirklich etwas verpasst.

Lukas lag als *toter Mann* auf dem Rücken und ließ sich im Becken treiben. Die anderen Buben drängten sich um den einzigen Sprungsockel und versuchten mehr oder weniger elegant einzutauchen, einige Mädchen saßen am Beckenrand und schauten ihnen neugierig zu, andere saßen auf den Bänken und Stühlen in der Nähe der Lehrerin und blätterten in ihren Pferdemagazinen. Lukas mochte das Gefühl, wenn seine Ohren knapp unter Wasser waren und er nichts hören konnte, der ganze Lärm schien in diesem Moment wegzukippen und nicht zu existieren. Er schaute auf die Decke der hohen Schwimmhalle, die dicken Lüftungsrohre, die Uhr an der Kopfseite des Beckens. Aus den Augenwinkeln beobachtete er die richtigen Schwimmer, die regelmäßig kamen und Länge um Länge nahmen. Man erkannte sie an einem gewissen Ernst in den Mienen und natürlich an den Schwimmbrillen, die anzeigten, dass das nun Sport war. Manche hatten auch Schwimmhauben auf dem Kopf. So kreuzten sie das Becken, gleichmäßig wie Dampfer, die nach Plan fuhren.

Lukas schaute auch auf die Muster der Fliesen, die Stühle, den Rettungsring an der Wand, den Bademeister, der mit prüfenden Blicken hin und her ging. Mit zwei Bewegungen schwamm er zum Beckenrand und atmete durch. Das Chlor kroch ihm in die Nasenlöcher und seine Augen tränten ein wenig, das war ihm aber nicht unangenehm. Zwischen die Tränen hindurch schaute Lukas in diesem Moment zum Kinderbecken in der anderen Halle hinüber. Er beobachtete die Mütter mit ihren Kindern und dahinter die Pensionisten bei ihren Wasserübungen, die immer ein wenig lächerlich aussahen, wie Lukas fand, auch wenn er sich für diesen Gedanken ein wenig schämte, denn unwillkürlich musste er an seine Großmutter denken und die war natürlich nicht lächerlich.

Im nächsten Moment sah er Lahner aus dem Kinderbecken kommen, sein Handtuch nehmen und sich abtrocknen. Lukas wunderte sich, wie mager der Mann eigentlich war. Wieder sah er die kleinen, braunen Flecken an den Armen. Einen Augenblick später spürte er einen Ruck an seinen Schultern und wie sich seine Finger vom Beckenrand lösten, einer seiner Mitschüler johlte ihm etwas ins Ohr, dann wurde er untergetaucht und der Hallenbadlärm versank in der Taubheit unter Wasser; er schmeckte das Chlor nun auf der Zunge und bis in den Rachen. Für einen Moment überlegte er, diese Frechheit nicht zu erwidern, dann machte er sich aus den Armen des anderen frei und beeilte sich, es ihm mit gleicher Münze heimzuzahlen.

* * *

Das Gebläse des Föhns war so laut, dass nichts anderes zu hören war. Lukas schloss die Augen.

Weder sah er die dummen Gesten seiner Mitschüler noch hörte er die zu Eile mahnenden Worte der Klassenlehrerin. Er schloss die Augen und vergrub sich in der Hitze des Gebläses. Ganz nah zog er das Gerät an seinen Kopf heran, zu nah eigentlich. Er wunderte sich, wie heiß diese Geräte waren, zu heiß eigentlich.

Lukas hasste nichts mehr als Extreme. Es war ihm unangenehm, wenn das Essen zu heiß auf den Tisch kam und er warten musste, um sich nicht die Zunge zu verbrennen. Immer schalt ihn die Mutter dafür, da sie annahm, dass er entweder kurz vor dem Essen heimlich eine Süßigkeit gegessen habe oder er das Gemüse wieder einmal verschmähe. Beides war nicht wahr, er konnte es ihr nur nicht erklären. Um der zwangsläufigen Diskussion zu entgehen, schob er sich den zu heißen Reis zwischen die Zähne und verbrannte sich die Zunge. Er wusste, dass er nun nichts mehr wirklich schmecken würde und das Essen für ihn verdorben war, dennoch nahm er pflichtbewusst einen Löffel nach dem anderen in den Mund.

So kam es ihm auch im Schwimmbad vor, ein *Wechselbad der Gefühle*. Der Besuch im Schwimmbad nur eine einzige Abfolge unangenehmer Gefühle.

Schon zu Beginn fühlt man sich unwohl, weil man seine Kleider noch anhat, die Temperatur im Bad einem aber sofort den Schweiß auf die Stirn drückt, die Minuten, bis man endlich das Ticket hat und in die Umkleiden gehen kann, das mühsame Herausschälen aus den Kleidern, die schon am Körper kleben. Dann endlich halbnackt in der Badehose, noch schnell der Gang aufs Klo, das immer neben den Duschen ist, der heiße Dampf, der den ganzen Körper feucht werden lässt, wie in einem Dschungel, drückende Schwüle. Schweiß. Das feuchte Klopapier, das den Gang auf die Toilette so unangenehm macht. Der eklige Boden, kleine Stückchen Papier. Der Ärger darüber, dass man die Badeschlapfen vergessen hat und hier barfuß stehen und gehen muss. Der Gedanke an den Desinfektionssprüher beim Ausgang der Duschen, darüber das Schild mit dem Hinweis auf Fußpilz. Ekel, während man schwitzend auf der Kloschüssel sitzt. Dann die Duschen, die immer entweder zu heiß oder zu kalt sind, zu prasselnd, dass es auf der Haut schmerzt, oder zu tröpfelnd. Dann das Schwimmen selbst, das Chlor in den Augen, die Beobachtung, wie ein alter Mann einen Meter weiter ins Wasser spuckt beim Auftauchen, Ekel, wenn man an die kleineren Kinder denkt und an sich, wie man damals den Dingen seinen Lauf gelassen hat. Zwiespältiges Verhältnis zum Chlor, das einem die Nase verstopft und das Atmen schwer macht. Dann die Pausen, die Kälte. Gänsehaut. Bis es eben vorbei ist. Wieder die Duschen, das WC, die Umkleiden, das Gefühl der Enge, da bei viel Betrieb wenig Platz vor dem eigenen Kästchen ist, dann endlich in die Kleider gezwängt. Wieder Hitze und Schweiß auf der Stirn. Das Gefühl von am Körper klebenden Kleidern. Und zu guter Letzt noch die Föhns, die immer zu heiß, nie einfach nur warm sind. Brennen auf der Kopfhaut und der Wunsch, dass die Haare endlich trocknen mögen, wieder Schweiß, ein Kribbeln auf der Haut und das Gefühl, sich in diesem Körper nicht wohlzufühlen. Wechselbad der Gefühle. Dann raus in die Kälte, es ist Winter vielleicht, oder Frühling, ein kalter Wind pfeift um die Ecke und man setzt sich die Wollmütze auf, um sich nicht zu verkühlen. Die Erkältung wird nicht kommen, wohl aber wieder diese Hitze, Schweiß auf der Stirn, Kribbeln auf der Kopfhaut, das sich auf den ganzen Körper ausbreitet, Unwohlsein, leichte Übelkeit, langsames Ausbreiten von Hassgefühlen.

Beim Ausgang dann das elende Warten, bis alle Klassenkameraden endlich da sind. Lukas trippelt von einem Fuß auf den anderen, auch weil er eigentlich aufs Klo müsste, im Schwimmbad wollte er nicht mehr gehen, weil er sich ekelte. Dann endlich sind alle Kinder da und werden durchgezählt. Mehr hat es nicht gebraucht, sie sind entlassen und können nach Hause gehen. Lukas springt die zwei Stufen hinab und ist dahin.

Da sieht er auf der anderen Straßenseite einen Umzug, hört Blasmusik, mehrere Kapellen marschieren in ihren Trachten die Straße entlang.

Neugierig geworden reiht sich Lukas in die Reihen der Zuschauer ein und betrachtet die Musikanten. Die marschierenden Trachtenmusiker faszinieren und irritieren ihn zugleich, sie sind ihm fremd, er bleibt stehen. Ihm gefallen die Fahnen, welche die einzelnen Kapellen vor sich hertragen; da steht, woher sie kommen, vermutet Lukas, auch wenn er die Orte nicht kennt. Schlanders, Eppan, Ratschings, Franzensfeste, Pfitsch, Mauls. Die Namen sagen ihm nichts. Er bemerkt nur, dass alle unterschiedliche Trachten tragen, sich in den Farben und den Mustern jeweils leicht unterscheiden. Lukas faszinieren die Gleichförmigkeit und der akkurate Ablauf des Marsches, er bleibt hängen und noch länger in der Reihe der Spalier stehenden Zuschauer stehen.

Da spricht ihn eine Marketenderin an und gibt ihm ein Stück weißen Rettich. Es ist ein junges Mädchen, nicht viel älter als er selbst. Als sie ihn anspricht, ist Lukas so überrascht, dass er gar nichts sagen kann, er schaut nur auf ihre blonden Haare und weißen Zähne, sie lächelt und für einen Moment schämt er sich, weil er ihr vermeintlich zu lange in die Augen geblickt hat. Scheu senkt er die Lider und nimmt das Stückchen ohne hinzusehen. Es brennt scharf in seinem Rachen und drückt ihm die Tränen in die Augen. Lukas hat in seinem Leben noch nie zuvor weißen Rettich gegessen und wundert sich, dass etwas so unangenehm scharf, aber dennoch gut schmecken kann. Als er wieder aufsieht, ist das Mädchen verschwunden.

Mit Tränen in den Augen sucht er jetzt die Reihen der Musikanten ab, um sie wiederzusehen. Er ärgert sich, dass er nichts gesagt hat, ein Danke hätte genügt, und eben will Lukas dem Mädchen nachgehen, sie wiederfinden, um seinen Fehler wiedergutzumachen, da sieht er ihn. Der alte Lahner steht keine drei Meter von ihm entfernt in der Reihe der Zuschauer und sieht mit gleichgültigem Blick auf die marschierenden Musikanten. Er kommt ihm geknickt vor, mit hängenden Schultern und traurigem Blick. Er sieht klein und mager aus und für einen Moment tut der Lahner ihm leid. Mit einem Rest von Schärfe im Mund und dem Gefühl einer satten Taubheit im Ohr vom lauten Geblase der Musik tritt Lukas einen Schritt auf den alten Lahner zu und tippt ihn am Arm an. Da erst sieht er die Tränen in seinen Augen, und als Lahner ihn bemerkt, sagt er: „Wie in Sigmundskron. Wie in Sigmundskron."

Lahner zittert leicht, während er seinen Satz mehrmals wiederholt. „In Sigmundskron", sagt Lahner noch einmal, und erst jetzt hat Lukas den Eindruck, als würde Lahner ihn erkennen. Sie nicken einander zu.

12

Nach Sigmundskron war alles anders.

Der alte Lahner erholte sich langsam wieder. Die Erinnerungen, welche die marschierenden Musikkapellen in ihm ausgelöst hatten, waren zu stark für ihn gewesen. Es war ein Glück, dass Lukas ihn zufällig gesehen hatte. Der Junge hatte ihn an der Hand genommen und zu einer nahen Bank geführt. Jetzt saßen sie im Schatten und erst allmählich ebbte die Erregung des Alten ab, sein Zittern ließ nach und langsam wurde auch sein Blick wieder klar. Sie saßen eine Weile auf der Bank unter einem alten Eichenbaum, die Musik der Kapellen war schon fast nicht mehr zu hören, sie waren Richtung Innenstadt weitermarschiert. Lukas schmeckte noch immer den scharfen Geschmack auf seiner Zunge und war in Gedanken bei dem Mädchen. Das nächste Mal, dachte er, würde er etwas zu ihr sagen – nur was wusste er nicht. Obwohl er mit Mädchen noch nichts anzufangen wusste, war ihm dennoch klar, dass sie ihn interessierten.

Er nahm sich vor, das beim nächsten Mal für sich herauszufinden.

Nach Sigmundskron war alles anders, begann nun Lahner wieder und Lukas nickte ihm von der Seite zu. Er spürte, dass er nichts zu sagen brauchte, und tatsächlich purzelten die Erinnerungen in den nächsten Minuten nur so aus dem Mund des Alten heraus.

„Sigmundskron hat uns ruiniert", sagte Lahner. „Nicht nur mich, vor allem meine Eltern. Aber eigentlich hat ja alles viel früher angefangen. In den Dreißigerjahren, noch vor dem Krieg. Wir waren Optanten, meine Eltern, meine Schwester, ich. Nach der Sache mit dem Hof haben wir Südtirol verlassen und sind nach Innsbruck gegangen. Dabei hätte mein Vater ohnehin nicht bleiben können, es waren schon zu viele auf dem Hof. Sein älterer Bruder Luis hatte damals schon seine Luise geheiratet und lebte mit ihr auf dem Hof des Vaters, so wie wir. Dazu noch die Schwester vom Vater, die Anna. Einzig die andere Schwester, die Sigrid, war schon früh weggezogen und arbeitete als Zimmermädchen in einem Hotel in Meran. Es war klar, dass der Luis den Hof erben würde und dass dann kein Platz mehr für uns sein würde. In Südtirol gibt es die Tradition der geschlossenen Höfe, bei uns wurde der Hof nicht geteilt, der Luis erbte alles. Wir hätten früher oder später gehen müssen, aber wohin? Die Sache mit den Carabinieri erleichterte es meinem Vater, Südtirol zu verlassen. 1939 sind wir bei der Option nach Innsbruck gegangen, da bauten sie ganze Siedlungen für die Optanten und wir bekamen eine Wohnung hier in Pradl. Da wohne ich ja noch, du kennst sie."

Lukas nickte.

„Dann waren wir in Innsbruck, mein Vater schlug sich erst mit Gelegenheitsarbeiten durch, dann kam gleich der Krieg und er an die Ostfront. Nach ein paar Wochen dann der Brief an die Mutter, Aufenthaltsstatus unbekannt. Drei Jahre hörte sie nichts von ihm, dann die Nachricht, dass er verwundet worden sei. Nun kamen wieder Briefe und Anfang 1943 kehrte er nach Innsbruck zurück, mit einem Arm und einem Auge weniger, Kriegsinvalide. Bis dahin hatte die Mutter uns mit Kartoffeln und Brot mit Geschmack ernährt, wir hatten ja nichts. Nur hin und wieder schickten die Verwandten aus Südtirol ein wenig Speck, ein paar Eier. Die hatten selber nichts, schrieben sie, besucht haben sie uns nie. Danach wurde es mit der Invalidenpension ein wenig besser, gerade nach dem Krieg. Der Vater konnte eine kleine Tabaktrafik bei uns ums Eck übernehmen. Ich habe in der

Brauerei in Innsbruck zu arbeiten angefangen. Nach dem Frieden kam der Staatsvertrag und wir besuchten jetzt die Verwandten in Südtirol, aber das war nicht wirklich eine Freude. *Was wollts ihr hier*, begrüßten sie uns, wenn sie überhaupt mit uns redeten. *Seids ja selbst gegangen, brauchts nicht jammern*, sagte auch der Bruder vom Vater, der den Hof zu einer kleinen Fremdenpension ausgebaut hatte, in der Zeit kamen die Deutschen wieder gern auf Urlaub nach Südtirol, aber auch viele Franzosen, die das Land noch vom Krieg her kennengelernt hatten. Dem Bruder mit seinem Hof gings finanziell gut, wir waren der arme Besuch aus der Stadt, für den man sich schämt. *Hättest ja dableiben können, dann gings eich jetzt besser*, sagte der Luis, der Vater schwieg. Wenn ich durchs Dorf ging, zischten mir die Einheimischen nach. *Scheiß Optant. Verräter. Mir halten die Heimat hoch und es machts eich a feines Leben in der Stadt.* Da dachte ich mir oft: Wenn die wüssten, wie wir wirklich leben in Innsbruck. Dass wir jahrelang nur Kartoffeln gegessen haben, Kraut, Bohnen, die einfachen Sachen eben. Nur in Südtirol gab es öfters Fleisch. Mager war ich damals.

Und dann die Kundgebung im November 1957 auf Schloss Sigmundskron, wo 30.000 hingegangen sind und der neue Obmann der Südtiroler Volkspartei,

Silvius Magnago, die Parole *Los von Trient!* in die Menge schrie. Gegenüber dem Rednerpult, auf dem *Weißen Turm*, hatte Luis Amplatz seinen Platz. Er skandierte *Los von Rom.* Ihm gingen die Forderungen von Magnago nicht weit genug, er wollte mit dem Volk einen Marsch auf Bozen machen, so war die Stimmung. Es sollte etwas passieren. Magnago konnte beruhigen und den Marsch absagen, er wusste, da wäre es sicher zu Zwischenfällen gekommen, denn auf den Straßen und hinter jedem Baum stand ein Carabiniere mit geladener Maschinenpistole.

Das Land stand auf der Kippe, die Italiener meinten, es würde jeden Moment der Bürgerkrieg ausbrechen, die Volkserhebung, aber so weit ist es dann nicht gekommen, zur Volkserhebung. Uns Optanten zeigten sie jedenfalls, für was sie uns hielten, für Heimatverräter und Feiglinge, und straften uns vor allem mit Schweigen.

Dennoch ging der Vater mit mir nach Sigmundskron, vielleicht um seinem Bruder zu zeigen, dass er kein Feigling war, auch mit einem Arm und einem Auge weniger. Es war wie hier heute, die vielen Menschen, viele in Tracht, wie bei dem Umzug vorhin. Eine erregte Stimmung herrschte, kleine Provokationen gab es, immer wieder Rufe nach Unabhängigkeit und immer wieder *Los von Trient.* Das ganze Land war im Aufbruch, auch der Vater diskutierte mit, erntete aber nur Schweigen. Wir waren eben Optanten. Vollkommen enttäuscht kehrten wir am anderen Tag nach Innsbruck zurück. Seit Sigmundskron waren der Vater und ich dann in der Kartei bei den Carabinieri, was wir damals aber nicht wussten. Der Vater hat das dann ohnehin nicht mehr erlebt, ich habe es ein paar Jahre darauf aber erfahren."

13

Es war sehr warm in diesem Frühsommer und nicht mehr lange bis zu den großen Ferien. Nicht mehr lange, bis endlich die Fußball-WM in Italien beginnen würde. Seit Wochen gab es unter den Jungs in der Schule kein anderes Thema mehr, selbst die Mädchen in Lukas' Klasse interessierten sich dafür, wohl aber mehr für Italien als für Fußball. *Wir fahren heuer wieder nach Jesolo. – Wir nach Bibione.* Die Gespräche in den Pausen drehten sich mehr um praktische Dinge, wie die Menge an Eis, die man zu essen imstande war (Jungs), oder die Zeit, die man in der Sonne liegen konnte (Mädchen). Letztere trällerten seit Wochen während des Gummispringens den schnulzigen Hit aus dem Radio von Gianna Nannini und Edoardo Bennato, *Un'estate italiana*, ein italienischer Sommer sollte es werden. Die Jungs antworteten grölend mit der rotzigen *Azzurro*-Version der Toten Hosen. *Senza di te …* Die gegenseitigen Annäherungsversuche waren noch ausbaufähig.

Lukas schlich an einem Apriltag mit gesenktem Kopf nach Hause, er hatte eine geschwollene Lippe und müde Knochen. Mehr noch als die Schmerzen ärgerte ihn seine Wut und dass er sie nicht loswerden konnte. Das nächste Mal, nahm er sich vor, würde er es ihm zeigen, diesem Spaghettifresser.

Dabei hatte alles harmlos angefangen, es war im Sachkundeunterricht und die Lehrerin hatte von Obst und Gemüse gesprochen und davon, dass es besser sei, Lebensmittel aus der Umgebung zu kaufen, anstatt die von weit her transportierten. Lukas erinnerte sich, dass er Berichte über Afrika gehört hatte und von Hungersnöten; Äthiopien, das klang für ihn weit weg, dennoch hatte er die Fernsehbilder der Kinder mit geblähten Bäuchen nicht vergessen können. Die Kinder im Fernsehen hatten teilnahmslos in die Kamera geblickt und Schwärme von Fliegen umschwirrten ihre Gesichter, ohne dass die Kinder sie verscheucht hätten. Fliegen kannte Lukas nur als halbe Haustiere, wenn sich denn mal eine in ihre Wohnung verirrt hatte. *Und wenn die Tomaten aus Italien kommen, ist das in Ordnung?*, hatte ein Mädchen gefragt. Die Lehrerin hatte genickt. *Und Äpfel aus Südtirol?*, hatte das Mädchen weitergefragt, woraufhin Marco aus der hintersten Reihe hervorgerufen hatte: „So eine dumme Frage, Südtirol ist doch auch Italien." Die ganze Klasse lachte und das Mädchen wurde rot im Gesicht. Pia, so hieß sie, tat Lukas leid, er mochte sie auch ein wenig mehr, als man Klassenkameradinnen üblicherweise mochte. Aber das war es nicht, was ihn geärgert hatte. Halb um Pia zu verteidigen, halb aus eigener Empörung rief er deshalb: „Selber Dummkopf, Marco, Südtirol ist Tirol." Das ließ sich Marco natürlich nicht sagen und wurde nun selbst ganz rot im Gesicht, schimpfte auf Italienisch zurück. Auch wenn er hier geboren war, fühle er sich durch seine Eltern doch als Italiener, das mit Südtirol beleidige ihn in seiner Ehre, fauchte Marco. Er sagt tatsächlich *Ehre*, dachte sich Lukas, so ein Quatsch. Was verstehst du denn von Ehre, gab er dem Jungen zurück. Als Marco schon *Puttana* oder ein ähnliches Schimpfwort auf den Lippen hatte, war es genug. Die Lehrerin beschwichtigte beide und meinte, das könne man nur schwer entscheiden. Sie ist immer so beflissen und um Ausgleich bemüht, dachte sich Lukas und auch Marco schwieg. Dann wechselte die Lehrerin das Thema und sprach über den Vitamingehalt von Zitrusfrüchten.

Lukas konnte seinen Ärger nicht vergessen. Als sie

später in der großen Pause Fußball spielten, kam er ihm wieder hoch.

Die Jungen hatten sich in zwei Mannschaften aufgeteilt, die auch bei der kommenden WM gegeneinander spielen würden, Italien und Österreich, ausgerechnet. „Tun wir so, als würden wir in der Vorrunde spielen", stichelte Marco, „denn ihr kommt sicher nicht ins Finale. Italien wird Weltmeister." – „In deinen Träumen", motzten die Jungs der anderen Mannschaft zurück, aber da hatte Marco schon einen Singsang mit den Namen der italienischen Nationalspieler angestimmt, als wäre die bloße Aneinanderreihung der Namen eine Serenade. *Zenga – Baresi und Bergomi – Maldini und Baggio – Dona Dona Donadoni – Schillaci.*

Lukas und die Jungen seiner Mannschaft brüllten im Stakkato die Namen der Österreicher. *Herzog – Zsak – Pecl – Russ – Polster.*

Dann ging es los und es war ein hitziges Gefecht, der Ball ging hin und her und die Jungen schwitzten und liefen, was sie konnten. Ein ums andere Mal kamen die Mannschaften vors jeweilige Tor, doch die Schüsse waren für die Galerie, selbst als Marco in reiner Selbstüberschätzung eine Bananenflanke versuchte, kam keine wirkliche Gefahr für die Torhüter auf. Wie ihre Idole verloren die Jungen sich in kleinen Mätzchen, probten die Gesten und Stile ihrer Vorbilder, wie sie es aus dem Fernsehen kannten. Dabei entwickelte sich ein umkämpftes Spiel, das sich in einem Mittelfeldgeplänkel verlor. Die Stockfehler häuften sich auf beiden Seiten, da kam der entscheidende Moment, die Italiener verloren aus einer Unachtsamkeit heraus den Ball und liefen in einen Konter, Lukas bekam den Ball und durchbrach mit einem eleganten Haken die in Auflösung begriffene Abwehr und lief allein auf den gegnerischen Torhüter zu. Eben nahm er Maß und überlegte kurz, wie er den fast schon liegenden Tormann am besten überwinden könnte, mit einem Lupfer oder einem scharfen Schuss oder doch eher, indem er ihn ausspielte, um dann ins leere Tor einzuschießen, da spürte er den heißen Atem eines Gegners im Nacken, versuchte aus dem Augenwinkel zu erkennen, wie weit er noch entfernt war, da wurde er von hinten gefoult und von den Beinen geholt. Einen Moment später sah er, wie Marco sich den Ball schnappte und davonlief.

Foul, schrie Lukas und auch seine Mitspieler reklamierten lauthals, Marco achtete aber nicht darauf und wollte weiterspielen. Da sprang Lukas hoch, stürmte ihm wütend nach und fuhr Marco mit beiden Füßen voraus in die Beine. Wie die Spieler im Fernsehen rollte Marco noch zwei, drei Meter weiter, dann sprang er auf und kam brüllend auf Lukas zu. „Du spinnst wohl!", schrie er. „Es war schon vorher Foul, du Trottel!", gab Lukas zurück. Dann sprangen sie sich an und lagen kurz darauf raufend auf dem Boden, Marco zog auch an den Haaren, was eigentlich unter den Jungen verpönt war, so kämpften nur die Mädchen, Lukas machte sich los und boxte seinem Widersacher in den Magen, der schlug blind drauflos, das heißt, er hatte tatsächlich die Augen geschlossen und fuchtelte ziellos mit seinen Fäusten in der Luft. Da passierte es, dass Lukas von Marco am Auge und an der Lippe getroffen wurde, Lukas spürte, dass ihm das Blut übers Gesicht rann und Schmerz in ihm hochzog. Eben wollte er den Angriff parieren und zuschlagen, da wurde er an der Schulter zurückgezogen und die Streithähne waren getrennt. Der Schulwart, der Pausenaufsicht hatte, zog die beiden Jungen auseinander und schrie auf sie ein. Lukas hörte kaum die Sätze, er hörte nur ein Sausen in den Ohren und einen sich wiederholenden Satz in seinem Inneren: *Das zahle ich dir heim.*

14

Giuseppe Monte sprach nicht gerne über seine Zeit als junger Carabiniere. *Das ist ja alles lange her, fast schon nicht mehr wahr.* Er ging jetzt bald in Pension, es musste ihn wirklich nichts mehr angehen, in sein Heimatdorf war er aber dennoch nicht zurückgekehrt. Er lebte mit seiner deutschen Frau – er hatte ja eine Österreicherin geheiratet – immer noch in Südtirol, in Bozen. Sie fuhren öfter gemeinsam nach Innsbruck als nach Rom, immerhin kam sie aus Nordtirol und hatte dort noch viele Freunde von früher. Vor ein paar Jahren hatten sie sich sogar eine kleine Wohnung in Igls bei Innsbruck gekauft, damit sie nicht immer im Hotel wohnen mussten. Seine Schwiegermutter lebte noch in ihrer eigenen Wohnung im Innsbrucker Saggen, weder wollte sie ihre Wohnung aufgeben noch in ein Altersheim übersiedeln noch zu ihrer Tochter nach Bozen. *Ich ziehe in meinem Leben nur noch einmal um*, sagte sie, *auf den Friedhof.* Giuseppes Frau Maria hatte noch einige Freundinnen aus ihrer Schulzeit in Innsbruck, mit denen sie gerade in den letzten Jahren oft in Kontakt war. Sein wollte, denn es zog sie gerade in letzter Zeit immer mehr zurück in die Stadt ihrer Kindheit, was wohl auch damit zusammenhängen mochte, dass sie in Bozen nie wirklich heimisch geworden war, und als ihr einziger Sohn erwachsen geworden war, gab es keinen Grund, warum sie nicht regelmäßig nach Innsbruck fahren sollten.

Innsbruck gefiel Giuseppe nicht schlecht, er mochte die Berge, das kühlere Klima, das er jetzt besonders im Alter zu schätzen gelernt hatte, die Sicherheit, wie er meinte, denn die Zustände in Italien, da musste er ehrlich sein, hatten sich in den vergangenen Jahren ziemlich verschlechtert. Er konnte sich im Gespräch mit den Innsbrucker Freunden seiner Frau enorm aufregen, wenn er von den Zuständen in Bozen erzählte, wo die Leute zum Teil im zweiten und dritten Stock der Wohnhäuser ihre Balkone vergitterten, da ganze Einbrecherbanden nicht davor zurückschreckten, in die oberen Stockwerke zu klettern, um in die Wohnungen einzubrechen und sie zu plündern. Das hatte er zumindest von Bekannten gehört.

Da war es in Österreich, in Tirol, in Innsbruck,

ganz zu schweigen von Igls, doch etwas ganz anderes. Er regte sich überhaupt gern auf, steigerte sich in Schimpftiraden hinein, etwa über die Unfähigkeit der Nordtiroler, einen vernünftigen Espresso zuzubereiten.

Oft wunderte er sich, dass es eigentlich erstaunlich war, wie sein Leben verlaufen ist. Er wunderte sich darüber, warum gerade er eine Deutsche, wie sie im Süden sagen, eigentlich aber eine Österreicherin geheiratet hatte. Und als wäre das nicht genug, hatte sein einziger Sohn auch eine Deutschsprachige geheiratet, dazu noch eine ledige mit zwei Kindern. Was hatte er sich nicht alles anhören müssen in der Kaserne von seinen Kollegen. *Findet er keine Italienerin*, hatten sie gesagt und Anspielungen auf die mangelnde Männlichkeit gemacht. In ihren Späßen meinten sie auch ihn. Die Sprüche der Kollegen kränkten ihn, aber er schwieg.

Über die Jahre hatte er ohnehin für sich beschlossen, dass nicht über alles geredet werden musste, im Schweigen fand er das probate Mittel, mit seinen Sorgen, mit seinen Erfahrungen umzugehen. Gerade in seine frühe Zeit als Carabiniere fielen ein paar Ereignisse, die er lieber nicht erlebt hätte. Er wollte diese Erfahrungen auch gar nicht aufarbeiten, was hätte das Bohren in der Vergangenheit gebracht, dachte Monte, und so verfiel er bei immer mehr Themen ins Schweigen. Giuseppe hatte es nicht anders gelernt, sein Vater hatte es auch schon so gehalten.

Was war schon dabei, eine Österreicherin zu heiraten, was war schon dabei, dass seine Schwiegertochter eine Deutschsprachige war. Er mochte auch die Freundinnen seiner Frau, deren Männer, er mochte es, wenn sie zusammen essen gingen oder eine Wanderung unternahmen, ihm gefiel, dass seine letzten Jahre ohne große Aufregung hingingen. Ihm fiel es auch nicht schwer zu schweigen, wenn die Freundinnen seiner Frau vorschlugen, gemeinsam das Italienfest in Hall bei Innsbruck zu besuchen, ein folkloristischer Abklatsch seiner Heimat mit schlechtem Espresso und labbrigen Pizzen, ein touristischer Budenzauber, ein Italienfest mit dem Bild eines Italien, das die Nordtiroler sich von Italien gemacht hatten. Warum sollte ein *echter* Italiener auch ein Italienfest in Hall in Nordtirol besuchen. Das war absurd. Die Tiroler gingen ja auch nicht zum Tirolerabend ins Gasthaus Sandwirt am Inn. Und die Norddeutschen nicht zum Hamburger Fischmarkt in den Alpenstädten.

Die Freundinnen seiner Frau fanden die Idee aber gut. Monte schwieg.

„Kommst du jetzt? Andiamo."

„Pronto."

Giuseppe Monte hatte sich an die Mischsprache, in der seine Frau mit ihm redete, über die Jahre gewöhnt. Besonders wenn sie beide ihre Innsbrucker Freunde trafen, wechselte sie fließend vom Italienischen zum Deutschen und umgekehrt. Ihm war die Muttersprache seiner Frau immer fremd geblieben, er sprach sie auch nach über vierzig Jahren gebrochen und mit einem starken Akzent.

Umständlich fingerte Giuseppe die paar Münzen aus seiner Geldtasche und warf sie in den Parkautomaten. Immerhin hatten sie einen Parkplatz in der Nähe gefunden und mussten nicht weit laufen. Die wenigsten Autofahrer versuchten es an so einem Tag direkt bei der Markthalle, die meisten fuhren gleich in die Tiefgarage. Giuseppe hatte aber Glück gehabt, gerade vor ihm war ein holländischer Tourist aus der Lücke gefahren. „Siehst du", hatte er Maria noch erklärt, sie aber hatte in die Luft gestarrt und laut durch die Lippen ausgeatmet. „Certo. Dai!"

Als sie aus dem Wagen stiegen, hörten sie schon die

laute Musik und den Marktschreier vom Marktplatz her. Giuseppe war der Trubel eigentlich zuwider, dennoch begleitete er seine Frau immer wieder. „Warum wieder der Fischmarkt?", jammerte er. „Haben wir ihn nicht schon oft gesehen?"

„Es ist halt eine Gelegenheit", antwortete Maria. „Außerdem hat es dir dann immer gefallen. Komm, wir sind spät dran."

Giuseppe legte den Parkzettel hinter die Windschutzscheibe ihres Autos und folgte seiner Frau.

„Aber lass mich heute nichts Paniertes essen. Das vertrage ich nicht", brummte er.

„Obwohl du es so gern magst?"

„Si però."

Wenige Schritte später stieg ihnen der Geruch von fettigem Öl und Schweiß in die Nase, wie er in heißen Sommern bei gut besuchten öffentlichen Veranstaltungen üblich ist. Aus den Boxen kam laute Schunkelmusik, die entfernt an die namensgebende Stadt erinnerte. Das Stadtmarketing fand es passend, den durch die österreichischen Städte tingelnden *Hamburger Fischmarkt* auch in Innsbruck Station machen zu lassen. Hamburg war weit weg und das authentische Flair versuchte man durch bimmelnde Glocken und intensiven Fischgeruch zu vermitteln. „Zu wenig Meer, zu viele Berge?“, hatte Giuseppe gefragt, als sie vor Jahren das erste Mal hier gewesen waren, doch Maria hatte nur den Kopf geschüttelt.

Da hatten sie schon die anderen gesehen und die Freunde winkten sie an ihren Tisch. Sie tranken kleine Biere und aßen appetitliche Brötchen, die Gespräche waren herzlich, glitten zum größten Teil aber an Giuseppe vorbei. An solchen Tagen fühlte er sich dann in Innsbruck doch fremd und dachte an Rom, an Italien, an heiße Sommerabende und Frauen in kurzen Röcken. Das war alles lange her, dachte er, lange her.

„Wo ist eigentlich …“, hörte er mit einem Ohr Maria fragen und wandte ihr den Kopf zu. Seine Frau war es gewohnt, Giuseppe quasi simultan zu übersetzen, damit er am Gespräch teilnehmen konnte. Verstand er schon die Schriftsprache kaum, so wurde ihm der rurale Dialekt der Einheimischen meist gänzlich zum Hindernis.

„Domando, che dov’è Lukas.“

„Ah, Lukas“, murmelte Giuseppe, der sich erinnerte, dass eines der Kinder einer der Freundinnen seiner Frau so hieß, die gleich selbst antwortete: „Da kommt er ja.“

Tatsächlich kam Lukas geradewegs auf ihren Tisch zu, hinter ihm ein älterer Mann, wobei Giuseppe sich nicht sicher war, ob die beiden zusammengehörten.

„Wir waren noch spazieren", sagte Lukas und blieb vor ihnen stehen.

„Ah, Herr Lahner", hörte Giuseppe jemanden sagen und nahm einen Schluck Bier. Da fühlte er einen Blick auf sich ruhen, dieses seltsame Gefühl, beobachtet zu werden. Irritiert sah er auf; der Mann, der mit Lukas gekommen war, stierte ihn an. Unverwandt begegneten sich ihre Augen, bevor Giuseppe wie von selbst die Lider niederschlug. Doch der Blick war noch da, als er wieder aufsah. Kannte er den Mann, erinnerte er ihn an etwas, an jemanden? Er wusste es nicht, Giuseppe begann sich unter dem Blick unwohl zu fühlen, wenn er auch nicht sagen konnte, warum.

Jetzt bemerkte es auch Lukas, wie ihm schien, denn der Junge sah zwischen ihm und dem alten Mann hin und her. Im Trubel, der herrschte, bemerkte niemand außer den dreien, was hier vorging. Er sah den alten Mann etwas murmeln, dann Lukas ihn am Ärmel ziehen. Der Junge nickte und sagte etwas in die Geräusche hinein. Sie saßen auf Bierbänken wie gefühlte tausend andere Besucher hier und der Lärmpegel machte es fast unmöglich, ein Wort auf drei

Meter Entfernung einwandfrei zu hören. Jetzt sah er den Jungen wieder nicken und Giuseppe kam es vor, als richte sich der Mann ein wenig auf. Er öffnete die Lippen und schloss sie wieder, was er sagte, vermochte Giuseppe immer noch nicht zu verstehen. Erst jetzt drehte sich Maria nach ihm um und folgte seinem Blick, auch sie musterte nun den Mann, der vielleicht Mitte sechzig war, leicht gebückt, wie ihr schien, mit müdem Gesicht, mager, ein wenig erschöpft sah er aus, aber nicht unfreundlich. Der Blick, auch Maria sah den Blick. Ein Blick, der schwer einzuschätzen war, leicht ablehnend, leicht irritiert, beides zugleich.

Dann sah Giuseppe, wie der Mann mit dem Finger auf ihn zeigte, und laut und deutlich hörte er seine Worte. „Was macht der denn hier?"

Der Mann hatte den Satz nicht als Frage gesprochen, mehr verwundert oder zu sich selbst.

„Mi scusi, ma conosciamo?", murmelte Giuseppe.

Im nächsten Moment aber hatte der Mann sich von dem Jungen verabschiedet und war in der Menschenmenge verschwunden. Lukas setzte sich zu seinen Eltern auf die Bank.

„Chi è questo signore?", fragte Giuseppe, und als Maria gedolmetscht hatte, antwortete ihre Freundin nur beiläufig: „Ein Nachbar."

„Un vicino", wiederholte Maria, dann biss sie in ihr Brötchen mit Heringsfilet und Gurke und begann zu kauen. In dem dunklen Raum, der Giuseppes Erinnerung war, ging ein kleines Lämpchen an. Noch war das Licht schwach, er versuchte es innerlich anzublasen, damit es stärker würde.

15

Josef Lahner saß in dem alten Fauteuil im Wohnzimmer, das er noch von seinem Vater hatte. Es war eines der wenigen Erbstücke, die er mit nach Nordtirol genommen hatte. Oft schon hatte es Lahner wegwerfen wollen, weil es an den Lehnen kaum mehr Stoff besaß, um das Innere zu verbergen, nie aber hatte er es übers Herz gebracht. Einmal hatte er es schon von seiner Wohnung vor das Haus geschleppt zur Sperrmüllsammlung, aufwendig war das gewesen und bei der Haustür hatte er es durchzwängen müssen. Als das Möbel aber so vor dem Haus gestanden war zwischen all dem Plunder, hatte es ihm leidgetan um das Stück. Lahner hatte sich für einen Moment hineingesetzt, da war schon ein junger Mann gekommen und hatte ihn gefragt, ob er den Sessel haben dürfe. *So ein Teil findet man nicht so leicht*, hatte der Mann gesagt. Einen Moment später kam ein älterer Türke vorbei, der das Fauteuil ebenfalls haben wollte. *Gut, gut*, radebrechte er. Als dann noch eine junge Frau mit einem Baby auf dem Arm vorbeikam und ihn fragte, ob sie *im Stuhl* kurz stillen dürfe, reichte es Lahner. *Sicher nicht!*, schrie er, und: *Das ist mein Stuhl.* In dem Moment bemerkte er erst, dass die Frau *Stuhl* gesagt hatte, und ärgerte sich noch mehr. *Der ist nicht zu haben*, erklärte er knapp. *Ich habe ihn nur zum Lüften vor die Tür gestellt. Ein Missverständnis.* Selten hatte Lahner so gelogen. Peinlich berührt wartete er, bis die Frau ihr Baby gestillt hatte, dann schleppte er das Ding zurück in seine Wohnung.

Als er jetzt in dem Fauteuil saß, erinnerte sich Lahner an seinen Versuch, das Ding loszuwerden. Er schmunzelte. Dabei war ihm nicht zum Lachen zumute, zu eindringlich hatte ihn die Begegnung mit *dem Italiener* an seine Vergangenheit erinnert. Er wunderte sich, wie verschlungen das Leben oft war, dass genau jetzt, da er glaubte, mit all dem, was früher passiert war, nichts mehr zu tun zu haben, eben jene Vergangenheit ihn wieder einholte. *Das ist seltsam*, murmelte er.

Gedankenverloren erinnerte er sich in verschwommenen Bildern, versuchte, den Punkt in seiner Geschichte zu finden, an dem sich sein Leben verändert hatte. *Dabei hätte ich nichts anders machen können*, murmelte er. *Ich habe das alles nicht selbst bestimmen können.* Dann kippte er in die Bilder seiner Erinnerung.

Er sah sich als jungen Mann, offen, neugierig, der eigentlich ein gutes Leben führte. In Innsbruck hatte er sich mit seiner Familie gut eingelebt, und seit er die Arbeit in der Brauerei hatte, kam auch ein wenig Geld herein. Er war bei einem Tanzabend gewesen und hatte mit etlichen jungen Frauen getanzt. Noch wollte er sich nicht binden, aber es schmeichelte ihm doch, dass sie alle so willig auf seine Aufforderungen reagierten. Sie mochten ihn und in seinem jugendlichen Eigensinn nahm er gar nicht wahr, dass sie untereinander tuschelten, wenn er eine nach der anderen holte. Er konnte sich schlicht nicht vorstellen, dass sie meinten, er sei ein Hallodri. Heute, nach all den Jahren, würde er sich als jungen Mann eher als unbedarft beschreiben, ohne böse Absicht.

So naiv stolperte er auch in die Sache mit dem Luis Amplatz. Es war gerade Mittag und er war in die Kantine der Brauerei gegangen, denn freitags gab es immer Knödel mit Kraut, was er besonders gern mochte. Freitags war in der Kantine mehr Betrieb, da viele Leute von außerhalb zum Essen kamen, gerade noch, dass sich Lahner auf einer Bank mit seinem Bier und seinem Teller dazwischenquetschen konnte. Er nickte seinen Banknachbarn zu und begann zu essen. Nach einer Weile hörte er mit einem Ohr dem Gespräch zu, das zwei Männer führten. Sie sprachen von einer Reise nach Südtirol und davon, wie die Schwalben niedrig flögen. *Bald ist auch Sankt Martin*, sagte der eine der beiden. *Dann gehen wieder die Lichter an, in den Laternen.*

Lahner wunderte sich, warum der Mann die Wörter so betonte, mehr noch aber darüber, dass er über Sankt Martin sprach, wo doch Hochsommer war. Es klang wie Gaunersprache.

Als der eine der beiden Männer gegangen war, sprach der andere Lahner an, erkundigte sich freundlich nach seiner Arbeit und lobte die Handwerkskunst im Allgemeinen und die Braukunst im Besonderen. Er mochte schon ein paar Biere getrunken haben, dachte Lahner und plauderte ein wenig. Von Südtirol sprachen sie, vom Wetter, ein wenig vom Sport.

Ob er denn bald über den Brenner gehen wolle, fragte der Mann und Lahner dachte daran, dass er hin und wieder nach Sterzing fuhr, um Wein zu kaufen, und im Herbst, wenn es die ersten Kastanien geben würde.

Aha, fuhr der Mann fort, und ob er ihn nicht besuchen wolle, er wohne ober der Etsch. Lahner dachte sich auch dabei nichts und scherzte ein wenig, dann verabschiedete er sich, seine Pause war um.

Als er ein paar Monate später erfuhr, dass der Mann, mit dem er in der Kantine geplaudert hatte, Luis Amplatz gewesen war, war es schon zu spät. Zusammen mit Sepp Kerschbaumer war Amplatz Gründungsmitglied des Befreiungsausschusses Südtirol und maßgeblich an den Sprengungen der Strommasten in der Feuernacht 1961 und anderen Anschlägen beteiligt.

Der Amplatz jedenfalls wurde von der italienischen Staatspolizei überwacht und mit ihm kam der Lahner auf die Liste. Die Beamten dachten, es handle sich bei ihm ebenfalls um einen staatsfeindlichen Terroristen, der im nächsten Moment plane, irgendwelche Masten in die Luft zu sprengen. Lahner fuhr Wochen später wie geplant nach Sterzing, um Wein und Kastanien einzukaufen. Doch seine Fahrt endete am Brenner, gleich an der Grenze wurde er verhaftet.

* * *

„Was ist mit dir?“ Maria saß vor ihrer Frisierkommode und bürstete ihre langen, schwarzen Haare. Kritisch beobachtete sie seit Jahren ihr Gesicht, sah, wie die ersten Fältchen kamen, die rasch mehr wurden. Als sie fünfzig wurde, begann sie sich die Haare zu färben. Seitdem fragte sie sich, ob sie wohl schon zur Gänze ergraut wäre. Sie tat, was sie tun konnte, um dem Alter nicht allzu rasch nachzugeben. Sie war immer noch eine schöne Frau. Eine Frau, die noch Komplimente bekam. Auch eine Frau, die nicht nur sich genau beobachtete. Wenn Giuseppe über etwas brütete, fiel es ihr auf, bevor er merkte, dass ihn etwas beschäftigte, mit dem er nicht auf ein erstes Hinsehen zurechtkam.

„Ist es wegen dem Mann, kanntest du ihn?“ Marias Stimme war weich und schmeichelnd und meistens beruhigte es Giuseppe, sie einfach nur zu hören. Heute antwortete er nicht.

Er lag in Hosen und Socken auf dem Ehebett und starrte in die Luft. Von Zeit zu Zeit gab er ein Grunzen von sich, was wohl als Antwort gelten sollte. „Ich weiß nicht“, murmelte er. „Vielleicht. Vielleicht kenne ich ihn, vielleicht nicht. Was weiß ich.“ Maria wartete, aber da kam nichts mehr.

Nach einer Weile sagte Giuseppe schroff: „Was geht

es dich an. Ich habe auch eine Vergangenheit, die nichts mit dir zu tun hat, das muss reichen.“ Dann stand er auf und verließ das Zimmer.

Im Gang nahm er Mantel und Wohnungsschlüssel vom Haken und schlüpfte in die einfachen Lederschuhe, die man nicht binden musste. Dann verließ er das Haus und machte einen Spaziergang. „Warte nicht auf mich, ich kann nicht schlafen und gehe noch ein bisschen“, schrie er gegen die zufallende Tür, halb entschuldigend, denn er bemerkte jetzt, dass er grob gewesen war. Dabei war ihm klar, dass Maria im Lärm der zufallenden Türe seine Worte nicht gehört haben konnte. Einen Moment später betrat er die schwach erleuchtete Straße.

Giuseppe ging rasch die leicht ansteigende Straße hinauf und bog dann in den Kiesweg ein, der zum Park und zum Kongresscenter führte. Erst als er bemerkte, dass er zu schnell ging und er trotz der kühlen Nachttemperatur ins Schwitzen geriet, leuchtete ihm ein, wie sehr er sich aufgeregt hatte. Nie hätte er gedacht, dass ihn seine Vergangenheit so unvermittelt einholen würde. Er stellte sich vor, wie er seine Dienstuniform an seinem letzten Arbeitstag zurückgeben würde, mit dieser Handlung wäre auch die erlebte Zeit vorbei.

Er wollte nicht mehr an die Erlebnisse seiner frühen Dienstzeit denken, an die Gefahren an manchen Tagen, an die Aufregung. Das alles sollte dann vorbei sein. Von dem Augenblick an, da er in die Pension treten würde, wollte er nur noch Privatmensch sein. In seiner Vorstellung waren die beiden Welten streng getrennt. Das eine Leben war die Arbeit, das andere die Familie. Er ertappte sich selbst dabei, dass er sich wunderte, wie so eine Trennung funktionieren sollte. Das bin doch ich, dachte Giuseppe, schob aber im nächsten Augenblick schon eine gläserne Wand zwischen sich und seine Erinnerungen und beschloss, die Vergangenheit ruhen zu lassen. Er hatte seine Schuldigkeit getan, sagte er sich. Dem Staat gegenüber, der Gesellschaft, er hatte seinen Beitrag geleistet. Dienst am Volk, seltsame Floskel. Sein restliches Leben würde ihm selbst gehören, beschloss Giuseppe, und wenn er durch die quietschenden Flügeltüren, die er über Jahrzehnte jeden Tag bewegt hatte, an seinem letzten Arbeitstag als Carabiniere ins Freie treten würde, wiederholen: *Ich habe meine Schuldigkeit getan.*

Der Rest wäre dann Schweigen, denn worüber man nicht sprechen kann oder will, darüber muss man schweigen. Diesen Satz hatte Giuseppe so oder so ähnlich irgendwo einmal gelesen. Der Satz eines Philosophen, das wusste Giuseppe noch; welcher das war, hatte er vergessen. Ihm genügte der Satz. Der stand für sich und passte gut zu seinem Vorsatz, die Vergangenheit ruhen zu lassen.

Giuseppe bog noch vor dem Kongressgebäude auf den schmalen Weg Richtung Talstation der Seilbahn ab. Der Kies knirschte unter seinen hastigen Schritten, die er im Halbdunkel nur unsicher setzte. Aber das Gehen beruhigte ihn, er ging nun langsamer und kam ins Brüten.

Diese Augen, ich kenne sie, dachte er. *Dabei war ich damals gar nicht dabei. Aber ich erinnere mich, ich erinnere mich an diese Augen. Jung war ich, mein Gott, was war ich noch jung. Gerade eben war ich nach Südtirol versetzt worden. Ich wusste ja nichts. Wusste nicht, was mich erwarten würde. Wusste nichts von diesem Land, nichts von diesen Leuten. Ich dachte, das sei Italien, dachte, ich mache das ein paar Jahre, ein paar Jahre Dienst an der Grenze, dann zurück in den Süden, in der Tasche eine Beförderung. Mehr dachte ich nicht. Es war ja Frieden. Mein Gott, ich wusste einfach gar nichts.*

Dabei, ich hatte schon gehört, dass die Südtiroler Deutsche waren, dass im Faschismus nicht alles rosig gewesen war, aber wo war es das schon. In meinem Dorf, da waren die Faschisten auch gewesen, aber es gab auch die Kommunisten bei uns. Arm waren sie beide gewesen, im Krieg und vor dem Krieg und nach dem Krieg. Meine Eltern und die Verwandten bauten Oliven an und pressten Öl, für die Römer, die reichen Römer. Selbst reich wurde man da nicht. Da war es doch eine Chance, zu den Carabinieri gehen zu können, wegzukommen und vielleicht mit etwas Erspartem zurückkehren zu können, vielleicht ein Haus zu bauen, zu heiraten. Zu heiraten. Sicher keine Römerin. Die Stimme meiner Mutter im Ohr. Aber sicher auch keine Deutsche, aber das hat sie dann nicht mehr erlebt. Zum Glück vielleicht. Vielleicht auch nicht. Für mich bedeutete es, dass ich allein war da oben an der Grenze. Ganz allein.

Und dann plötzlich, aus heiterem Himmel, war es wie Krieg. Das ganze Land im Ausnahmezustand. Kriegsrecht. Ganze Truppenteile verlegten sie in den Norden, die Kasernen waren voll. Auch voller Angst. Was haben wir Angst gehabt, dass es jeden Moment losgeht. Das haben wir gedacht, nichts anderes. Jetzt haben wir wieder Krieg, haben wir gedacht. Dabei kannten die meisten von uns den Krieg gar nicht, nur aus Erzählungen. Was wir kannten, war die Scheißangst, die man hat, wenn man um sein Leben fürchtet, jeden Moment. Wir dachten, die Südtiroler, ich meine, das ganze Land, erhebt sich jetzt, die Vorgesetzten sprachen auch so, nicht anders, die warnten uns, trau keinem Südtiroler, das sind alles Feinde, jeder Einzelne, die erheben sich jetzt gegen euch, das bläuten sie uns ein. Bürgerkrieg. Das war das Wort, vor dem wir Angst hatten. Keiner sprach es aus, aber jeden begleitete das Wort auf jeder Patrouille, auf jedem Grenzgang, bei jedem Dienst oben am Brenner.

Die Zerstörung, die blinde Zerstörungswut, die gesprengten Masten, der Hass in den Augen der Bevölkerung, die abwertenden Gesten, wenn man am Gehsteig vorbeiging, die abfälligen Handbewegungen, wenn man im Café an der Ecke einen Espresso bestellte. Ich verstand es nicht, ich verstand es einfach nicht, ich war jung, so jung.

Aber ich weiß schon, so einfach ist es nicht. An jenem Abend hatte ich Journaldienst in der Kaserne, protokollierte die Ein- und Ausgänge, wer kam, wer ging. Da sieht man alles, im Journaldienst, alles. Nacht war es, so um zwei, drei herum, da kamen ein paar Kollegen herein, betrunken ein bisschen, aber gut gelaunt. Sie führten einen jungen Mann in Handschellen vorbei, ich merkte mir den Namen nicht, trug ihn in das Buch ein und dachte nicht dabei. Die heißen doch alle gleich, Gruber, Lahner, Meier, Dobler, wer soll das unterscheiden, mir waren alle Namen gleich. Für einen Moment sah ich dem Mann in die Augen und er schaute zurück. Diese Augen prägten sich mir ein.

An diesem Abend aber merkte ich, die haben was vor, die Kollegen, da haben sie einen, der ihnen was sagen kann, das war einer der Terroristen, die uns angriffen. Wir alle warteten ja darauf, dass sie einen aus dem Widerstand verhaften würden, der dann die anderen verraten würde, den Amplatz oder den Kerschbaumer. Belastungszeugen. Man wusste ja, die Offiziere hatten es uns gesagt, wer die Anführer waren, nur lavierten die sich um ihre Strafe herum. So warteten wir alle, bis sie endlich sprechen, endlich sprechen würden, damit dann endlich alles vorbei wäre. Damit diese Angst wieder aufhören würde.

An diesem Abend also führten sie den jungen Mann in die Befragungszelle – so nannten wir es alle, obwohl wir schon wussten, dass da die Gefangenen grob angefasst wurden. Wie genau, wussten wir nicht, wir einfachen Carabinieri, ich wusste es nicht, ich war so kurz erst in Südtirol, ich wusste es nicht, ich war nie dabei.

Aber ahnen, ahnen hätte ich es können. Nach diesem Abend wusste ich es jedenfalls, aber auch dann sagte ich nichts, wollte es mir nicht eingestehen. Ich hörte die Schreie, die Beschimpfungen der Kollegen, Schreie, dann Stille. Nach einer Weile trugen sie den Mann raus, er war bewusstlos geworden. Auf seinen Armen dampfte es, es roch nach verbranntem Fleisch, ich sah ein wenig Blut, konnte aber nichts genau erkennen, da ich gleich meinen Blick senkte und in mein Journal starrte, als hätte ich da etwas zu arbeiten. Mir wurde ganz heiß, unter meiner Kopfhaut und unter den Fingernägeln brannte etwas, was ich aber mit aller Kraft niederzudrücken versuchte, ich wollte es nicht aufkommen lassen, dieses Gefühl, Scham, Ekel, ich konnte es nicht sagen. Ich biss mir auf die Lippen und schmeckte im nächsten Moment den metallischen Geschmack meines eigenen Blutes. Das Gefühl – was auch immer es gewesen sein mag, das da in mir hervorgekrochen war – schluckte ich zusammen mit dem Blut wieder runter, unterdrückte jede Regung. Ungerührt nickte ich den beiden Kollegen zu, die gerade den jungen Mann nach draußen schleppten. Ich blickte auf die Seite im Journal und mein Blick verschwamm, ich konnte nichts mehr lesen, die Buchstaben tanzten vor meinen Augen. Wieder versuchte ich, dieses Gefühl niederzudrücken, die Buchstaben wurden klarer, und als ich die ersten Zeilen einwandfrei lesen konnte, wusste ich, dass ich ein Ventil gefunden hatte.

Wer einmal schweigt, kann immer schweigen. So versah ich meinen Dienst. Ich wollte überleben, ja, überleben wollte ich. Leben.

* * *

Lukas lag auf seinem Bett im Kinderzimmer und hielt die Augen geschlossen. In ihm drehte sich alles und er versuchte, das Schaukeln in seinem Inneren zu beruhigen. Immer wieder hatte er in den letzten Wochen den alten Lahner über Südtirol ausgefragt und der hatte ohne große Skrupel offen und ehrlich geantwortet. Vielleicht manchmal zu offen und ehrlich.

Der Lahner hatte von seiner Familie gesprochen, seinen Eltern, der anderen Verwandtschaft, von dem kleinen Dorf, aus dem seine Familie stammte. Er hatte erzählt, warum er nach Innsbruck gekommen war, wie es zugegangen war im Südtirol der Zwischenkriegszeit. Mit dem Faschismus und den ganzen Schikanen, dass niemand Deutsch reden durfte und dass sich die Leute wie Menschen zweiter Klasse gefühlt haben. Wie das seinen Vater nicht nur gekränkt, sondern erschüttert hatte, weshalb er, als es die Möglichkeit gegeben hatte, nach Innsbruck gegangen war. Das Schweigen des Vaters – verhärmt war er, hatte Lahner gesagt, lieblos.

Dabei wollten sie in Innsbruck mit dem Erbteil, das der Vater nach einigem Hin und Her ausbezahlt bekommen hatte, ein Haus bauen. Sogar einen Grund im Mittelgebirge bei Innsbruck hatten sie schon in Aussicht, den wollten sie kaufen. Mit dem Krieg kam aber die Inflation und mit der Inflation war das Erbe nichts mehr wert. Sie mussten dann eine der Wohnungen beziehen, die in dieser Zeit für die Aussiedler gebaut wurden.

In Innsbruck fühlten sie sich dann auch nicht wirklich heimisch. Natürlich auch wegen der kargen Wohnung, in der sie lebten. Fremd auch, wenn sie nach Südtirol auf Besuch fuhren. Die bösen Blicke der Verwandtschaft, die Vorwürfe, die Unterstellungen. Wieder Schweigen. Der alte Lahner – und es war für Lukas besonders seltsam gewesen, als er das erzählt hatte – war ja auch einmal jung gewesen, zuerst sogar ein Kind. Seine Jugend dauerte damals nicht so lange, wie sich Lukas das für sich selbst vorstellte. Er musste früh erwachsen werden, der Lahner, Verantwortung übernehmen, nicht mehr zur Last fallen, sehr früh, zu früh.

Mit staunenden Augen und offenem Mund hatte Lukas dem Alten die letzten Wochen zugehört, stundenlang. Lahner hatte einen nicht nur geduldigen, er hatte einen interessierten, innigen, ja faszinierten jungen Zuhörer. Lukas hing geradezu an den Lippen des alten Lahner und prägte sich die Geschichten ein, die der Alte erzählte. Selbst am Nachhauseweg memorierte er das Gehörte, er wollte nichts vergessen. So abenteuerlich kam ihm das Leben des alten Lahner vor, gerade im Vergleich zu seinem eigenen Leben, zum Leben seiner Eltern.

Mehr noch aber faszinierte ihn die Tatsache, dass er nichts von Südtirol wusste, obschon er oft schon mit seinen Eltern einen Ausflug in den Süden gemacht hatte. Über den Nationalsozialismus, darüber hatte er schon viel gehört, über die Juden, die Zigeuner, klar, das wurde selbst in der Schule beiläufig behandelt, mehr noch aber in den Dokumentationen, die abends im Fernsehen liefen und die sich sein Vater hin und wieder ansah. Er wusste auch so manches über Andreas Hofer, klar, den kannte jedes Kind in Nordtirol. Über die Kämpfe am Bergisel, die Franzosen und die verhassten Bayern, am meisten wusste man aber über den Verrat des Kaisers in Wien Bescheid. *Die Wiener haben uns verraten, auf die kann man sich nicht verlassen.*

Diese Wahrheit brannte sich in jedes Kinderherz von Landeck bis Kufstein. *Scheiß Wiener. Scheiß Piefke.*

Auch die, denn durch den Tourismus, insbesondere jenen der deutschen Gäste mit ihrer D-Mark, die so viel mehr wert war als der Schilling, fühlte man sich gering. Der Stolz trieb sogar die Jungen in die Abneigung, den Hass, den man leicht übernehmen konnte. *Scheiß Büffel.*

Dabei kannte Lukas nicht einen einzigen Wiener, und in München oder Rosenheim, wohin er mit seinen Eltern zu Ausflügen fuhr, gefiel es ihm immer sehr gut. Keine schlechten Erfahrungen.

Stattdessen die Bilder von Andreas Hofer, der allein gegen die Ungerechtigkeit kämpft. Bilder, die Lukas vom Riesenrundgemälde nahtlos übernommen hatte, ein Heldenmythos. Die Faszination des Heldentums, das so unmittelbar mit ihnen als Jungen zu tun hatte. Hier in Innsbruck war das, hier bei uns ums Eck. Lukas suchte auf dem Bild seinen Wohnblock, aber der war im Jahr 1809 noch gar nicht erbaut, da war Pradl noch ein Dorf und man sah nur ein paar verstreute Gehöfte.

Als sie beim letzten Mal über die Vergangenheit sprachen – und Lahner sprach fast ausschließlich über die Vergangenheit –, kam Lukas ein Gedanke.

Es war weniger ein Wundern als mehr eine plötzliche Eingebung. Er rechnete nach. Wann war das oder jenes, wann war der Lahner nach Innsbruck gekommen, wann sein Vater gestorben, wann war die Geschichte in der Brauerei, wann das Erlebnis in Sterzing. Über Sterzing ließ sich der Lahner nicht wirklich was entlocken, nur, dass es für ihn eine schlimme Zeit gewesen sei. Das war jeweils der Punkt in ihren Gesprächen, an dem sie nicht weiterkamen, da der Lahner nicht mehr weitererzählte. Er stockte dann, wollte ablenken, fragte Lukas nach seiner Leidenschaft, dem Fußball. Zum Thema zurück kam er nicht mehr.

Als Lukas beim letzten Treffen der beiden die Wohnung des Alten schon verlassen hatte, hüpfend die Stufen hinab nahm und seine Finger am Handlauf des Geländers entlanggleiten ließ, kam ihm ein einfacher Gedanke. Was, dachte er – und irgendwo in seinem Hinterkopf dachte er noch *zum Teufel* dazu –, hat der Alte eigentlich die letzten dreißig Jahre gemacht? Wie konnte es sein, dass er ausschließlich über die Zeit seiner Jugend sprach, die Zeit, als er ein junger Mann war, nicht aber über die lange Zeit danach? War er die letzten dreißig Jahre schon derselbe eigensinnige und etwas kauzige, alte Mann gewesen, als den Lukas ihn kennengelernt hatte? Hatte er die letzten dreißig Jahre immer zwischen den Büschen und Stauden seines Gartens gewartet, bis ein Ball der ihn offensichtlich störenden Kinder in seinen Garten fiel, um ihn wegzunehmen?

Wohl kaum, gab sich Lukas die Antwort, sprang die letzten fünf Stufen des Treppenhauses mit einem Satz nach unten und trat auf die Straße. Er nahm sich vor, den Alten beim nächsten Mal zu fragen. Dann dachte Lukas an den kommenden Abend, an dem seine Eltern ihre Freunde eingeladen hatten, die Maria, die er mochte, und ihren Mann. Den kannte der Lahner, dachte Lukas, und wenn schon er nicht erzählen will, so redet ja vielleicht der *Italiener.* Lukas lachte, als er bemerkte, dass er ihn auch schon so nannte. Dann spuckte er aus und beschloss, ehe er nach Hause ging, noch ein wenig durch die Gegend zu streunen.

16

„Und hier hast du noch ein wenig Geld, zur Sicherheit, ich stecke es dir in die Hülle, vergiss es nicht."

Lukas' Mutter tat besorgt und bereitete alles sehr sorgfältig vor für die Reise. Sie achtete darauf, dass alles ordentlich war, mahnte Lukas, sich noch vorher zu waschen und die Nägel zu schneiden. Einen Moment lang überlegte sie, ihm selbst die Haare zu schneiden, denn für einen Friseurbesuch war keine Zeit mehr. Dabei würde Lukas nur zwei Tage fort sein. Einmal übernachten.

Die hellgrüne Plastikdose lag seit Tagen frisch gewaschen auf dem Abtropf der Spüle, eben hatte die Mutter mehrere Scheiben Brot geschnitten, dann Käse und ein paar Räder Wurst. Ein Stück Speck lag, eingewickelt in Stanniol, auf dem Küchentisch bereit. Dazu kleine Tomaten, zwei Bananen, eine Süßigkeit für unterwegs. Das alles würde Platz finden im Reiserucksack, den sie sonst verwendeten, wenn sie auf eine Alm gingen, zur Sistranser oder Aldranser, selbst wenn sie nur den kurzen Weg zum Rechenhof wanderten, packte die Mutter den Rucksack mit Broten und Obst voll, als drohte Gefahr, auf dieser Strecke zu verhungern. Dabei mochte es Lukas besonders, vor Ort etwas zu essen, sofern es die Eltern erlaubten. Etwa die Knödelsuppe auf der Sistranser Alm, einen Eisbecher auf dem Rechenhof oder einen Schweizer Wurstsalat auf dem Planötzenhof.

Wie es in Südtirol sein würde, davon hatte Lukas noch keine rechte Vorstellung. Wenn er recht überlegte, war dieser Ausflug eine echte Premiere. Zum ersten Mal wäre er ohne seine Eltern unterwegs. Lukas fand es seltsam, dass seine Eltern überhaupt zugestimmt hatten, als Lahner gefragt hatte, ob er Lukas für zwei Tage mit nach Südtirol nehmen dürfe. Schon, ihnen war aufgefallen, dass Lukas in letzter Zeit weit mehr mit dem alten Herrn unternommen hatte, als die Strafe nötig gemacht hätte, aber eine ganze Reise samt Übernachtung, da hatten sie im ersten Moment schon gezögert. Am Ende waren alle verwundert – Lukas, dass er die Erlaubnis erhalten hatte, seine Eltern, die so spontan zugestimmt hatten.

Die deutsche Nationalmannschaft ist in Kaltern in Südtirol, hatte Lahner gesagt, *und da ja bald die Weltmeisterschaft beginnt, ich meine, weil doch der Lukas, ich meine, so ein großer Fan ist, nicht unbedingt von Deutschland, aber vom Fußball … Immerhin könnte man dort den Deutschen beim Training zusehen*, hatte Lahner hinzugefügt, *so kurz vor dem Turnier.*

Es sind alle dort, hatte der Vater gleich zugestimmt, *der Beckenbauer, Völler, Matthäus, Brehme; Klinsmann natürlich.* Als der Vater das gesagt hatte, so plötzlich bei der Sache, wo er doch sonst nur an seine Arbeit dachte, da wusste Lukas, dass er gewonnen hatte, dass die Mutter nichts mehr dagegen sagen würde. *Gut*, hatte sie auch nur gesagt, *dann halt.*

Sie wollten mit dem Zug fahren, über den Brenner, weiter bis nach Bozen, dann müssten sie auf einen Landbus umsteigen, der sie über die Dörfer nach Kaltern bringen würde. Es war abgemacht, dass sie bei Verwandten von Lahner übernachten würden, die würden sie auch abholen. *Es ist alles ausgemacht*, hatte Lahner gesagt, *ich habe telefoniert.* Ob das wirklich nicht zu viel Mühe sei für ihn, hatte die Mutter noch kurz vor der Verabschiedung gefragt, Lahner aber hatte nur den Kopf geschüttelt. Er müsse ohnehin hinein, hatte er gesagt, *ins Südtirol*, er müsse die Verwandten treffen, sein Cousin sei krank, und überhaupt, er sei schon lange nicht mehr unten gewesen, das sei eine gute Gelegenheit. *Eine gute Gelegenheit ist es, wirklich*, hatte Lahner gesagt. *Ich wollte schon lange fahren, es ist ja wirklich an der Zeit, und ... Der Lukas ist keine Last, ich bin froh, dass ich nicht allein fahren muss.* Damit gab sich die Mutter zufrieden.

Nach dem Frühstück brachen sie auf, sie spazierten zu Fuß zum Bahnhof, es war ja nicht weit. In den letzten Monaten waren sie zwei, drei Mal die Woche zusammen zu Fuß unterwegs gewesen, sie hatten Übung. Zum Teil legten sie weite Strecken zurück, in den Saggen zur Sill und dann weiter, bis zum Sillzwickel, dann zum Sandwirt, bis ins Olympische Dorf und zum Baggersee. Oft bemerkten sie gar nicht, wie weit sie gingen, so vertieft waren sie in ihre Gespräche, die mal Monologe, mal ausgelassene Albereien waren. Dabei war es nicht so, dass immer nur der Alte geredet hätte, ganz und gar nicht. Oft genug war es so, dass Lukas die Unterhaltung allein besorgte. Er erzählte dann von der Schule, lieber aber noch vom Fußball und davon, wie er sich auf das Turnier in Italien freute. Manchmal erwähnte er auch den Jungen, Marco, mit dem er nicht wirklich zurechtkam, öfters jedoch sprach er in letzter Zeit von Pia und davon, wie warm ihm wurde, wenn sie in der Nähe war. Nie hätte er solche Gespräche mit seinem Vater führen wollen, geschweige denn mit seiner Mutter. Mit dem Lahner aber war es etwas anderes. Der hörte ihm zu, ohne etwas zu wollen – Lukas konnte es für sich nicht besser beschreiben. Lahner stellte, wenn sie zusammen waren – sprachen, spazierten, alberten –, keinerlei Ansprüche. Er hörte nur zu.

Ebenso hörte Lukas zu, wenn der Lahner über etwas reden wollte. Und da gab es einiges. Nicht zuletzt deshalb fuhren sie jetzt gemeinsam nach Südtirol, quasi auf den Spuren der Vergangenheit, Lahners Vergangenheit, wie Lukas witzelte. *Warte nur, bis du alt wirst,* gab Lahner gespielt ernst zurück. Dann lachten sie. Sie waren ein seltsames Paar.

Kurz vor dem Bahnhof, nahe dem rosa Turmgebäude mit der Uhr, bogen sie in das Postamt ein. Während Lukas wartete, ließ sich Lahner eine Telefonzelle freischalten. Mit leicht zitternden Fingern nahm er den Hörer, mit der anderen Hand holte er das zerknitterte Papier mit der handgeschriebenen Telefonnummer heraus, die er notiert hatte, als Monte ihn vor einiger Zeit angerufen und um ein Treffen gebeten hatte; dann wählte er. Es brauchte eine Weile, bis er ein Amt bekam, da er bei seinen ersten Versuchen vergaß, für

Italien die Null wegzulassen. Dann hörte er ein Freizeichen.

Währenddessen malte sich Lukas aus, wie er sich verhalten würde. Er formulierte einzelne Sätze, die er zu den Fußballern sagen würde, probierte diesen und jenen aus, versuchte in Gedanken einen Witz, entschied sich schließlich aber für zwei Floskeln, die zeigen sollten, was für ein großer Fan er sei, ohne jedoch den Eindruck zu erwecken, dass er noch ein kleiner Junge war. Er wollte auf keinen Fall naiv wirken. *Fachkenntnis*, sagte er sich, *ich könnte sie auf die letzten Spiele ansprechen, oder auf die Kommentare in den Zeitungen*. Seit einer Weile kaufte sich Lukas immer die *Sportbild* und studierte die Analysen und Neuigkeiten. Zuletzt überlegte Lukas noch, welchen der Fußballer er zuerst anreden wollte. *Klinsmann*, überlegte er, *nein, Matthäus, vielleicht auch Littbarski, der wirkt am sympathischsten.* Da stand Lahner neben ihm. *Fertig*, sagte er. Dann gingen sie zu den Zügen.

In der Abfahrtshalle reihten sie sich in die Schlange am Fahrkartenschalter. Es dauerte, da ein deutscher Tourist auf einer speziellen Ermäßigung, von der er gehört hatte, beharrte. Es ging nur um einen kleinen

Betrag, dem Touristen aber ums Prinzip. Der Schalterbeamte schien nicht wirklich beeindruckt von der immer lauter werdenden Stimme des Deutschen. Seine Familie stand hinter ihm, blond wie er und alle in zu kurzen, zu bunten Hosen. Der Frau schien die Szene ein wenig peinlich zu sein und sie begann, ihren drei Söhnen an den Hemden und Krägen herumzuzupfen. Die nahmen das Ganze gelassen und gelangweilt hin, sie kannten ihren Vater wohl.

Lahner schien von dem Streitgespräch keine Notiz zu nehmen, stattdessen lenkte er Lukas' Aufmerksamkeit auf die zwei großen Fresken, die über ihren Köpfen an der Nord- und gegenüber an der Südseite des Bahnhofs an die Wand gemalt waren.

Die Geschichte Tirols in der Vergangenheit und der Gegenwart, sagte er. *Zumindest so, wie sie Max Weiler gesehen hat.*

Lukas waren die Fresken schon öfters aufgefallen, er hatte sich aber nie viel dabei gedacht, mit Tirol hatte er die Bilder nicht in Verbindung gebracht. Den Namen Max Weiler hatte er schon mal gehört, aber sonst …

„Schau“, erklärte nun Lahner, „auf der Nordseite sieht man die Vergangenheit, da rechts den Kaiser Maximilian, wie er die kleine Figur einer Statue aus der Schwarzmanderkirche in der Hand hält. Er hält quasi sein eigenes Grabmal in der Hand, was auch immer Weiler damit sagen wollte. In der Mitte dann das Innsbruck, wie es die Tirol Werbung verkauft. Die gotische Häusersilhouette mit dem Goldenen Dachl, links dann noch der obligatorische Andreas Hofer, den kennst du ja sicher."

„Das haben wir in der Schule gelernt", sagte Lukas. „Der Sandwirt vom Passeier, der die Franzosen besiegt hat. Wir waren mit der Klasse auch im Riesenrundgemälde, da habe ich ihn auch gesehen."

„Ja, genau", nickte Lahner. „Ein Südtiroler, wie ich, das war damals Tirol und ist es auch heute noch, auch wenn die Geschichte etwas anderes entschieden hat."

Jetzt nickte Lukas, der unwillkürlich an Marco und seinen Streit mit ihm denken musste. Dennoch fragte er nach: „Aber es ist doch auch seltsam, was sie für ein Trara um den Hofer machen, nicht weil er ein einfacher Wirt war, ich meine, das auch, sondern weil es nur ein paar Schlachten waren, die er gewonnen hat. Am Ende hat er ja doch verloren und alles blieb so, wie es war. Die Franzosen, ich meine, eigentlich die Bayern, blieben doch in Tirol. War das alles nicht sinnlos?"

Lahner sprach jetzt lauter, dem Jungen war, als

redete er gar nicht mehr über Andreas Hofer, sondern über ganz etwas anderes.

„Aber was tust du, wenn du von einem Tag auf den anderen nicht mehr so leben kannst oder darfst, wie deine Familie seit Jahrhunderten gelebt hat? Wenn du deine Sprache nicht mehr sprechen darfst, nicht die Feste feiern, wie es Brauch ist, wenn dir deine ganze Kultur verboten wird, und du wirst noch dafür bestraft, dass du eben so geboren bist, wie du geboren wurdest. Das geht doch nicht, was meinst du?"

Lukas schüttelte den Kopf. „Ich kann mir das gar nicht vorstellen", ergänzte er. „Ich meine, dass die Zeiten so waren, wie man erzählt bekommt. Nicht nur wegen Südtirol, Lahner, ich meine auch den Krieg, das alles ist doch so unglaublich, ich kann mir das gar nicht vorstellen. Bei uns zu Hause, der Opa etwa, der Onkel auch, die reden gar nichts über diese Zeit. Nichts. Manchmal höre ich ja zu, wenn die Erwachsenen bei den Familienfeiern über Politik reden, aber der Krieg, der ist nie Thema. Alles, was ich weiß, habe ich in der Schule oder im Fernsehen gehört, der Papa erzählt manchmal schon auch was, aber immer, immer sind es Geschichten von ganz weit weg, von Berlin und München, von Wien, von Hitler und Churchill und Stalin, nur die ganz große Geschichte, über die Juden und den Russlandfeldzug und dass alles furchtbar war, der Hunger, die Toten. Aber nie höre ich etwas, was mich näher betrifft. Über meinen Onkel, meine Nachbarn oder Innsbruck, über Südtirol. Immer ist die Geschichte ganz weit weg, wie in einem Nebel."

„Ja, der Nebel." Lahner wiederholte die Worte des Jungen, ohne seinen Blick vom Weiler-Fresko zu nehmen. Lange sagte er nichts, dann drehte er den Kopf. „Durch den Nebel habe ich auch ganz lange geschaut, alles verschwommen und unklar. Lange habe ich durch diesen Nebel geschaut und nichts gewusst. Nichts wissen wollen, geschwiegen habe ich, weil ich dachte, dass es besser so ist, wenn ich nicht zu viel frage, nicht die unangenehmen Fragen stelle. Jetzt bin ich es leid."

„Was?", fragte Lukas.

„Na, den Nebel", lachte Lahner laut auf. „Es ist Zeit, den Nebel zu lichten, es kommt Föhn auf. Ab heute gibt es Föhntage."

Lahner zeigte auf die Hofer-Figur auf dem Fresko: „Weißt du, Lukas, die Geschichte ist ja oft genau so, wie wir sie uns erzählen. Es gibt da keine Wahrheit, etwas, das immer stimmt. Immer ist die Welt so, wie wir sie deuten. Schau, das Fresko vom Weiler, als es enthüllt wurde, gab es einen furchtbaren Skandal, weil die Innsbrucker die Bilder nicht verstanden, vielleicht nicht verstehen wollten. Sie regten sich darüber auf, dass der Hofer auf dem Bild keinen Bart hat, kannst du dir das vorstellen. Kein Bart, keine Kunst, oder wie?“

Lukas musste lachen. Ihm war gar nicht aufgefallen, dass der Wirt vom Passeier bartlos daherkam.

„Oder seine Kameraden, die den Hofer da begleiten, die drei haben zusammen nur vier Beine. Ein Skandal? Na und, würde ich sagen, oder hast du das Gefühl, als würden sie jeden Moment aus dem Bild kippen?“

„Natürlich nicht“, schmunzelte Lukas, dann lachten sie beide.

„Wir werden in Bozen vom Bahnhof abgeholt“, sagte Lahner, als sie bereits am Bahnsteig standen. Lukas nickte. „Wir können am Lahnerhof übernachten, wie ausgemacht. Dann kann ich dir zeigen, wo im Wald ich als Kind herumgelaufen bin, sie haben auch Schafe.“

„Einen Hund?“, fragte Lukas und Lahner musste schmunzeln. „Ja, einen Hund auch.“

Lukas stellte sich einen zotteligen, großen Hund

vor, halb wie ein Bär, der tollpatschig durch die Wiesen läuft. Er stellte sich endlose Sommertage vor, an denen geheut wird, der Hund immer mit dabei, in der Sonne dösend. Nur hin und wieder hebt er den Kopf, dann streckt er sich aus und schließt die Augen.

Oft schon hatte sich Lukas vorgestellt, wie angenehm so ein Hundeleben sein musste. Schlafen, liegen, fressen, schlafen. Dazwischen ein Spaziergang, dann wieder schlafen. Matte Zufriedenheit auf satten Wiesen, umschwirrt von Bienen und anderen Insekten. Wenn eine Fliege sich auf seine Nase setzt, reagiert der Hund gar nicht, schnauft nur tief aus oder fährt sich mit der langen Zunge über die Nase.

Die Lautsprecherdurchsage bat die Reisenden, ein wenig zurückzutreten. Der Zug fuhr ein. In den Lärm der quietschenden Bremsen hinein sagte Lahner noch einen Satz. Als Lukas ihn verständnislos ansah, wiederholte er lauter: „Ich habe auch *ihn* am Telefon erreicht. Wir werden uns treffen. Und reden."

„Giuseppe?", fragte Lukas und Lahner nickte leicht abwesend mit dem Kopf.

„Kann ich dabei sein? Ich meine, bei dem Gespräch." Als Lahner nicht antwortete, versuchte es der Junge anders. „Es muss ja nicht sein, aber erzählst du mir mal, was damals gewesen ist? Irgendwann?"

Lahner sah ihm jetzt doch in die Augen, als überlegte er, wie er dem Jungen eine unangenehme Wahrheit am einfachsten mitteilen könnte. „Ich weiß nicht", sagte er. „Ich bin mir ja nicht mal sicher, ob ich alles wissen will, ob ich über alles reden will. Bei manchen Dingen, kommt mir oft vor, ist es besser, wenn man sie vergisst, meinst du nicht? Ich meine, muss wirklich über alles gesprochen werden?"

Der Zug war zum Stillstand gekommen, die aussteigenden Reisenden verließen umständlich mit ihren großen Koffern und Taschen den Zug. Eine ältere Dame in Kostüm und mit Pudel auf dem Arm streifte beim Ausstieg mit ihrem extravaganten Hut an der Tür, der Hut fiel ihr vom Kopf und in den schmalen Raum bei den Gleisen. Im Versuch, den Hut noch aufzufangen, hätte sie fast den Pudel fallen gelassen. Gerade noch, dass sie sich in der Bewegung umentschied und dem Hündchen den Vorzug gab. Im kläglichen Versuch, noch ein wenig Würde zu bewahren, stieg sie jetzt mit einem langen und einem kurzen Schritt auf den Perron. Lahner, der die Szene genau beobachtet hatte, musste ein wenig schmunzeln, hielt der Dame dennoch die Hand hin, die sie jedoch nicht annahm. *Seltsam*, dachte er. *Das Ungelenke ist doch das Komische.*

Wenige Minuten später saßen Lahner und Lukas in einem schäbigen Abteil, wie nur die Züge nach Italien welche besaßen. Immerhin konnte man das Fenster öffnen und nach einigem Drücken und Ziehen strömte die warme Luft von draußen ins Innere des Abteils. Wie aus der Ferne hörten sie das Pfeifen des Schaffners und spürten das leichte Ruckeln des anfahrenden Zuges.

Dann fuhren sie los.

17

Der Zug rollte Richtung Brenner. Links und rechts flogen die steilen Hänge des Wipptals vorbei, irgendwo unten vermutete Lukas die Sill. Mehr still schauend als schweigend saßen Lahner und er und betrachteten die Landschaft. Bei manchen Seitentälern fragte Lukas nach dem Namen und Lahner antwortete einsilbig oder mit einem Schulterzucken; oft wusste er es nicht. *Da war ich noch nie*, sagte er. *Das kenn ich nicht.* Lukas antwortete meist nicht. *In Amerika war ich auch noch nie*, dachte er. *Und doch kenne ich es irgendwie, ich weiß, dass dort mal Indianer gelebt haben und dass es jetzt das Land der unbegrenzten Möglichkeiten ist.* Lukas dachte, dass es vielleicht gar nicht so angenehm war, wenn man unendlich viele Möglichkeiten hatte, er konnte sich oft nicht mal entscheiden, ob er lieber schwimmen gehen oder Fußball spielen wollte. Dachte er an seine Mutter, so waren *unbegrenzte Möglichkeiten* mehr eine Drohung als ein Versprechen. Lukas musste schmunzeln, dachte er daran, dass seine Mutter sich nicht mal zwischen Penne und Fusilli entscheiden konnte, sofern sie sich davor immerhin entschlossen hatte, Nudeln zum Abendessen zu kochen. Meist überlegte sie da eine halbe Stunde hin und her und der Hunger wurde größer, bis sie am Ende dann doch schnell ein Stück Fleisch in der Pfanne briet, Reis dazu. *Natürlich*, sagte sie. *Das wollte ich ohnehin machen.*

„Warum eigentlich hast du mit deiner Familie keinen Kontakt mehr?"

Lukas stellte die Frage, die ihn schon länger beschäftigte, die er sich bisher aber nie zu stellen getraut hatte, wie beiläufig, quasi zwischen den Tälern. Lahner schien nicht überrascht und überlegte gar nicht lange.

„Das hat sich eben so ergeben, Lukas, wegen meinem Vater. Meine Eltern und ich waren damals in Südtirol nicht mehr willkommen."

Lukas dachte an die Geschichten, die ihm der Lahner darüber erzählt hatte, das Politische, die wilde Zeit der „Bumser", seine Zeit im Gefängnis und wie die Südtiroler Verwandtschaft darauf reagiert hatte. Das verstand er ja alles, aber so gar keinen Kontakt … Lukas bohrte nach. Jetzt, wo sie die anderen in wenigen Stunden treffen würden, wollte er schon wissen, wo er da hinkam.

„Aber so ganz allein, so eine lange Zeit", fragte Lukas und versuchte, die Frage nicht mitleidig zu stellen. „Dreißig Jahre allein in Innsbruck?"

Da musste Lahner laut lachen, bis ihm die Tränen in die Augen kamen. „Wieso denn allein? Wie kommst du denn darauf?"

Na ja, rechtfertigte sich Lukas und rechnete Lahner vor; dann und dann sind die Eltern gestorben, dann und dann ist der Lahner nach Innsbruck gekommen, dann und dann hat er nicht mehr arbeiten können, ist nicht mehr nach Südtirol gefahren, kurz: seit dann und dann, eine sehr lange Zeit, saß der Lahner nur mehr allein in seiner Innsbrucker Wohnung herum und trank Wein, kochte Spaghetti und machte hin und wieder einen Spaziergang. Lukas konnte sich den Lahner nur so vorstellen, wie er ihn kennengelernt hatte. Als einsamen, alten Mann, der hinter den Büschen in seinem Garten wartet, bis ein Ball geflogen kommt. Eine eintönige und langwierige Beschäftigung. Was sollte also das Lachen? Das Mitleid, das sich doch in die Gedanken von Lukas geschlichen hatte, wich einer leichten Verwunderung.

„Aber nein“, sagte Lahner und entschuldigte sich, dass er loslachen hatte müssen, wischte sich die Tränen aus den Augen und erzählte.

„Ich war ganz *normal*, wenn du das meinst. Ich war verheiratet, habe zwei Kinder, Thomas und Christina. Nur sind sie eben erwachsen und leben ihr eigenes Leben.“

„Verheiratet!“, rief Lukas aus. „Und das sagst du mir nicht?“ Erleichtert musste auch er jetzt lachen. „Erzähl“, fügte er hinzu.

„Da gibt es nicht viel zu erzählen. Sie sind eben zum Studieren nach Wien, haben sich dort verliebt, geheiratet, Kinder bekommen, sind dort geblieben, wie das eben so ist. Sie besuchen mich hin und wieder, wenn es sich ausgeht. Manchmal fahre ich nach Wien.“

Lukas überlegte, ob er fragen sollte, zauderte, dann fragte er doch leise, wie es mit der Frau Lahners sei. Er zauderte, weil er an eine Krankheit denken musste, einen Autounfall oder Ähnliches.

„Die Liebe“, sagte Lahner knapp. „Nur nicht mehr zu mir. Wir sind seit sechs Jahren geschieden, aber das ist schon in Ordnung. Wir haben uns eben – wie nennt man das in Filmen? – auseinandergelebt …“

„In schlechten Filmen“, sagte Lukas. Irgendwie war er erleichtert, dass der Lahner nicht nur unglücklich gewesen war. Tragische Charaktere mochte er fast nicht aushalten, dachte er, nicht mal im Film.

Brennero – Brenner. Die Lautsprecherdurchsage sagte ihnen krächzend die Grenze an. Lukas griff nach seinem Rucksack und suchte den Reisepass, die Beamten bestiegen den Zug, sagte der Lautsprecher.

Da sind wir also, sagte Lahner. *Jetzt geht's bergab mit uns.* Auch wenn Lukas die manchmal zynische Art des Alten nicht mochte, musste er doch schmunzeln. Man gewöhnt sich an alles, dachte er, selbst an solche Eigenarten, wenn man nur, ja wenn man nur die Person, die so ist – mag. Er dachte an das Wort *Liebe*, aber das war für seine Eltern reserviert. Mehr Wörter für seine Gefühle hatte Lukas nicht.

Der Mensch ist ein Gewohnheitstier, sagte da Lahner und erriet irgendwie, was Lukas gerade dachte. *Das mit den Kontrollen, jeder findet das normal, und wie die Schweine, die zur Schlachtbank geführt werden, warten wir brav, bis wir geprüft wurden. Aus dem richtigen Land – passieren. Aus dem falschen Land – ab zur Schlachtbank. Aber wir sind die Selektion schon so gewohnt, dass wir uns darüber gar nicht wundern.*

Gewohnheitstier, dachte sich Lukas und staunte, auf was für Ideen der Lahner immer kam. Dabei hatte er sein Pensum an neuen Wörtern für diesen Monat schon erfüllt; es hatte einen halben Nachmittag gedauert, bis ihm der Lahner die Bedeutung des Wortes *Zynismus* erklärt hatte. *Genau*, hatte der Alte am Ende ihres Gesprächs gesagt, sie standen schon zwischen Tür und Angel bei der Wohnung Lahners. *Das bin ich.*

Nachdem die Beamten die Pässe kontrolliert hatten und Lahner seinen mit einem abfälligen Lächeln wieder eingesteckt hatte, wartete er, bis sie das Abteil verlassen hatten.

„Und damit du weißt, was dich erwartet, erzähle ich dir etwas über Kunst", sagte er und nahm den Faden ihres Gesprächs vom Innsbrucker Bahnhof wieder auf. „Nicht dass du meinst, Reisen bilde nicht", spöttelte der Alte.

„Wie in schlechten Filmen", gab Lukas zurück. „Ich bin ganz Ohr."

„Es gibt Weisheiten", begann Lahner hochtrabend. „Die muss jeder kennen, also: Südtirol. Aber erst ein Vergleich: Ein Orchester steht und fällt mit dem Fagott. Auch so eine Weisheit. Woher ich das weiß? Keine Ahnung. Ich spiele kein Instrument und habe auch keinen Onkel oder Freund, der eines spielt oder ein Orchester begleitet. Wann immer ich aber ein Orchester höre, insbesondere ein Blasorchester, fallen mir die Misstöne bei keinem Instrument so sehr auf wie beim Fagott. Gut. Im Gegenteil ist es natürlich auch so, dass ein Orchester besonders schön ist, wenn man das Fagott nicht hört. Dann weiß man, gutes Orchester. Weißt du, was ich meine? Wenn man erst beim zweiten Hinhören bemerkt, da ist ja ein Fagott. Das sind die guten Orchester, ja? Gut."

Lukas konnte sich, seit sie sich kannten, nicht mehr darüber wundern, worüber Lahner immer sprechen wollte und wie er sprach. Auch daran hatte er sich gewöhnt, ebenso daran, bei den Monologen Lahners einfach zu nicken.

„Gut", sagte der. „Weiter. Was Max Weiler für Nordtirol, das ist Albin Egger-Lienz für Südtirol. Der exemplarische Maler."

Lukas fragte nun doch, denn was sollte das schon heißen, *der exemplarische Maler.*

„Na, dann sage ich eben typisch. Der typische Maler. Sie malten die Leute so, wie sie für das Land typisch sind. Weiler die Nordtiroler, Egger-Lienz die Südtiroler. Schau, Weiler ist meist abgelehnt worden für seine Malerei, obwohl oder gerade weil er von der Presse, der Kritik, den Institutionen viel gelobt wurde, er bekam gerade in jungen Jahren zahlreiche Preise und viele öffentliche Aufträge, die einfachen Tiroler aber lehnten ihn ab, wie sie meist das ablehnen, was sie nicht verstehen. Vielleicht fühlten sie sich zu sehr erkannt, das wollten sie sich aber nicht sagen lassen."

Lukas dachte an Andreas Hofer, den wedelnden Skifahrer, das Goldene Dachl, Maximilian. Er erinnerte sich, dass er überrascht war, wie groß das Fresko war.

„Sie sind halt nicht mehr als die paar Sachen, die ihnen Weiler auf den Leib gemalt hat, so einfach ist das. Aber das Wollen, leider, ist ein anderes. Die Nordtiroler sind eben jahrelang, jahrhundertelang gebauchpinselt worden, es schmeichelte ihnen, dass alle immer nach Tirol wollten, durch Tirol durch. Residenzstadt des Kaisers, Transitroute, Olympia, Tourismus, das ist alles große, weite Welt, das schmeichelt, sodass sie irgendwann glaubten, sie selbst seien die große, weite Welt. Und da kommt der Weiler und malt sie als skifahrende Trottel, die dem Kaiser Maximilian und dem Andreas Hofer nachtrauern, und erst ihr berühmtes Goldenes Dachl im Herzen von Innsbruck, das Wahrzeichen … Das hat jeder Innsbrucker mal erlebt, dass er von einem Touristen gefragt wird, wo denn das Dachl sei, dabei stehen beide direkt davor. *Ach, das ist es?*, fragen dann die Touristen und *Das habe ich mir größer vorgestellt.* Das nagt natürlich am Selbstbild.

Ja, und die Gegenwart? Skifahren, Sport und Natur, nichts sonst, natürlich malt Weiler daneben die Studenten der Universität, aber was machen die? Besonders interessiert schauen sie nicht gerade aus. Gerade dass sie nicht einschlafen in ihren Bänken. Und was ist das Bild, das die Tiroler von sich selbst haben? Es ist übervoll mit dem Stolz auf eine der ältesten Universitäten Europas, die die Jesuiten seinerzeit auf die Beine gestellt haben, Kaderschmiede der Elite, aber heute? Die beiden Bilder können natürlich nicht zusammengehen, das kränkt die Tiroler aus dem Norden. Aber was anderes hätte der Weiler ihnen denn erzählen sollen?"

Der Zug rumpelte nach Südtirol hinein, die alten Wagen holperten über die Schwellen und rüttelten Lahner und Lukas durch. Lukas dachte, wie schön es war, wenn man einfach zuhören konnte. Schön auch, wenn jemand erzählen konnte. Das kannte er aus seiner Familie eigentlich nicht, und ihn erstaunte immer wieder, über was alles der Lahner Bescheid wusste. So hatte er seine Heimat noch nie gesehen, hatte wenig bis nichts über Malerei gewusst, über Musik, über Filme. Er kannte nur das Fernsehen und die Filme, die am Sonntagnachmittag im ORF kamen, *Im weißen Rößl* und andere Peter-Alexander-Filme. Lieber sah er sich die Bud-Spencer-und-Terence-Hill-Filme an, *Die rechte und die linke Hand des Teufels*, *Vier Fäuste gegen Rio*, *Zwei Himmelhunde auf dem Weg zur Hölle*, natürlich auch *Nobody*.

Die kenne ich natürlich auch alle, hatte Lahner einmal gesagt, nachdem ihm Lukas von seiner Sonntagnachmittagsbeschäftigung erzählt hatte. Zu seiner Entschuldigung hatte es immerhin geregnet. *Die mag ich*, hatte Lukas gesagt und gemeint, es sei tröstlich, jemanden wie Bud Spencer in der Welt zu wissen, der die Dinge auf so einfache Art zu regeln imstande war. *Im Zweifel für die Kopfnuss*, sagte Lahner, *und alles löst sich in Wohlgefallen auf.* Da hatte Lahner recht, meinte Lukas, fragte dann noch nach dem *Rößl*.

Auch das passe schon, meinte Lahner, das habe schon seine Bedeutung und seine Richtigkeit. Die Welt sei nach 1945 so in Trümmern gelegen, dass harmlose Unterhaltung immens wichtig gewesen war, um wieder so etwas wie Normalität einkehren zu lassen. Seichte Verwechslungskomödien seien da genau das Richtige gewesen, meinte Lahner, Humor sei ja doch – in kleinen Dosen angewandt – so etwas wie Medizin. *Und im Übrigen*, fügte Lahner dann noch hinzu, *im Übrigen heißt der Wolfgangsee erst seit dem Film Wolfgangsee, davor hieß er Abersee, wegen dem Tourismus haben sie einen ganzen See umbenannt, stell dir das mal vor.*

Lukas konnte das fast nicht glauben, Abersee, so ein Quatsch. Aber die Geschichte ist gut, fand er, wäre sie auch erstunken und erlogen.

So ungewöhnlich ist das ja auch nicht, ergänzte Lahner, *in Südtirol haben sie im Faschismus ein ganzes Land umbenannt, so geht das, ganz einfach, mit einem behördlichen Bescheid. Von einem Tag auf den anderen wurden die ganzen deutschen Namen italienisiert, kannst du dir das vorstellen? Aber es geht, auch wenn die zum Teil erfundenen Namen – immerhin konnte man nicht alles einfach übersetzen – manchmal recht grotesk waren, absurd.*

Grotesk und *absurd*, Lukas hatte sein Wörterkonto wieder aufgestockt für diesen Monat, bei nächster Gelegenheit wollte er beide in einem Aufwasch dem Marco an den Kopf knallen, mal sehen, wie der reagieren würde.

Nur zwei Orte haben sie nicht umbenannt, schloss Lahner. *Der eine ist Lana.* Den zweiten hatte der Alte schlicht vergessen.

„Und Egger-Lienz?", fragte Lukas, als er von der Zugtoilette zurückkam und sich in seinen Sitz fallen ließ. „Was hat der über die Südtiroler gesagt, über deine Heimat?"

„Heimat, ich weiß nicht. Geboren bin ich hier, ein wenig aufgewachsen. Aber mein Leben habe ich im Norden verbracht."

Lukas nickte.

„Ja, und das Typische dieses Landstrichs hat Egger-Lienz in seinen Bildern eingefangen, er hat das, glaube ich, selbst so erklärt. Die kantigen, sehr markanten Köpfe und Körper in seinen Bildern symbolisieren das Einfache, das er abbilden wollte. Das einfache, harte Leben der Bauern, die mit ihrer Arbeit das Land prägen, wie auch die Arbeit und das Land ihre Köpfe und Körper prägten. In der Physiognomie der Südtiroler hat Egger-Lienz das am besten abgebildet gefunden, mehr noch als in den Gesichtern der Nord- oder Osttiroler."

Phy-si-o-gno-mie, notierte Lukas in Gedanken.

„Das bedeutet die Lehre von bestimmten Körpermerkmalen, etwa jenen des Gesichts, der Statur und so weiter", erklärte Lahner. „Aber das ist ein weites Feld. Der Egger-Lienz zeigte jedenfalls, wie es aussieht, das einfache Leben. Was die Leute dazu sagten, weiß ich nicht."

Das einfache, harte Leben, dachte Lukas, sagte aber nichts dazu, denn er hatte keine rechte Vorstellung davon, was es bedeuten sollte.

„So war es auch", sagte der Alte. „Das Leben, einfach und hart, voller Mühen, das prägt einen natürlich. Und die Mühen erträgt man am ehesten schweigend. Ein wortkarger, recht religiöser Menschenschlag in Südtirol, aber natürlich auch woanders. Das ist es, was über die Abbildung hinausgeht, meist geht es um mehr, und am Ende unterscheiden sich die Leute von hier von jenen in Nordtirol oder in Vorarlberg, im Bregenzerwald, im Allgäu oder im Wallis nicht wesentlich voneinander. Das Schweigen ist überall gleich stumm."

Mit dem letzten Satz Lahners begannen die Bremsen des Zuges zu quietschen. *Bolzano – Bozen*, rief eine Stimme aus dem Lautsprecher. Schweigend verließen der Alte und Lukas ihr Abteil und traten auf den Bahnsteig. Die Luft flirrte vor Hitze, hier wartete der Süden auf die beiden. Dabei war es noch nicht einmal Mittag.

18

Giuseppe Monte hatte keine Nerven mehr in den letzten Tagen und Wochen. Er hatte ein schlechtes Gewissen, weil er jahrelang weggeschaut, geschwiegen hatte. Er empfand Schuld und Reue. In der Nacht schlief er schlecht und am Morgen war er übel gelaunt und gereizt. Erst nach dem dritten, vierten Espresso besserte sich seine Stimmung, wenngleich diese Aufhellung meist nur von kurzer Dauer war. Für Maria war er unerträglich, das wusste er. Monte spürte, dass sie verletzt war durch seine ablehnende Haltung, er sprach nicht über das, was ihn beschäftigte. Dass das im Grunde ungerecht war, wusste Giuseppe Monte, sie hatte das nicht verdient.

Auf ihre Fragen hin, ob seine Schwermut mit dem fremden Mann zu tun habe, murrte Giuseppe nur, bis es Maria schließlich reichte und sie meinte, er oder ich. Daraufhin fuhr sie nach Innsbruck, allein. Das erste Mal seit Jahren, Giuseppe konnte sich gar nicht daran erinnern, wann das das letzte Mal der

Fall gewesen war. Nun nahm er sich vor, etwas zu tun.

In den Nächten war es am schlimmsten. Meist wachte er mit stark klopfendem Herzen auf, das Leintuch nass vom Schweiß. Im Wachen drehte sich in ihm noch etwas vom Traum, er hörte die Schreie, von denen er geträumt hatte.

Seit Wochen wiederholte sich ein und derselbe Traum in verschiedenen Variationen. Immer war es dunkel oder dämmrig, Giuseppe sah sich als jungen Mann in einem kargen, schwach erleuchteten Raum sitzen oder stehen; er wusste nur, dass er hier warten musste, nicht aber, worauf. Jedes Mal war ihm das Warten unangenehm, er fühlte sich unwohl und trat von einem Fuß auf den anderen oder rutschte auf einem harten Stuhl hin und her. Er spürte starken Durst, seine Kehle war trocken und alle paar Sekunden versuchte er, sich zu räuspern. Meist sah er in diesem Moment, da seine Blicke den Raum absuchten, eine kleine Flasche Wasser, ein Glas daneben. Hastig griff er nach der Flasche und setzte sie an seine Lippen, jedes Mal aber war die Flasche leer und auch im Glas standen nur ein paar Tropfen, die er gierig zu schlucken versuchte. Dem Durst konnte das nichts anhaben.

Giuseppe dachte jedes Mal daran, wie ihm sein Vater als Kind einen Trick gezeigt hatte, wenn sie auf den Feldern ihres Dorfes, in der größten Hitze um Mittag herum, nichts zu trinken hatten, eine kleine Münze oder ein flacher Stein wurde unter der Zunge hin- und hergeschoben. Der Speichel, der langsam zu fließen begann, machte den größten Durst zumindest erträglicher, auch wenn er ihn nicht löschte. Hastig begann Giuseppe im Traum, in seinen Hosentaschen nach einer Münze oder einem Stein zu suchen, was aber vergeblich war. Der Raum war kahl und penibel gefegt, keine Münze, kein Steinchen weit und breit. Giuseppe bückte sich und suchte auf den Knien den ganzen Raum ab, unter dem Tischchen, dem Stuhl, in den Ecken, überall. Er fühlte den glatten Boden, der sich wie Fliesen anfühlte. Er war kühl, fast kalt.

Eben wollte sich Giuseppe noch weiter bücken, um mit seiner Zunge über den Boden zu lecken in der Hoffnung, der Boden möge die Wirkung einer Münze entfalten, da hörte er Stimmen. Es hörte sich so an, als kämen sie aus einem angrenzenden Raum. Giuseppe vernahm nur ein Murmeln, das mit der Zeit anschwoll. Er verstand einzelne Wörter, dann wieder gar nichts. Ein paar Namen fielen ihm auf, von Orten, die er kannte. Er verstand laut und deutlich *Roma*, dann *Lana* und *Brennero*. Mehrmals sagte eine Männerstimme *Tirolo, Tirolo, Tirolo*. Eine Frau kicherte lang und anhaltend. Dann war nichts mehr zu hören. Giuseppe horchte in die Stille und wartete, immer noch auf dem Boden kniend, durstig, aber aufmerksam. Dann vernahm er ein Keuchen und Schnaufen, dann ein metallisches Geräusch, schabend, als würde ein scharfes Messer über Fliesen gezogen, dazwischen Klopfgeräusche wie von einer Blechdose auf Metall. Wieder Keuchen und Schnaufen, schwaches Röcheln. Dann Stille. Plötzlich mitten hinein ein Schreien, laut und ausdauernd, an- und abschwellend wie eine Sirene, das langsam in ein gequältes Jammern überging, Keuchen, Schnaufen. Dann hörte Giuseppe nichts mehr.

Einen Moment später kamen mehrere dunkel gekleidete Männer in den Raum und blieben um Giuseppe herum stehen. Die Tür, durch die sie gekommen waren, blieb einen Spalt weit geöffnet und ein schwacher Lichtkegel fiel in Giuseppes Raum. Dahinter konnte er nicht viel erkennen, nur einen Tisch, darauf eine Lampe, dazu eine Flasche Wasser und ein Glas. Wieder spürte Giuseppe das unangenehm trockene Gefühl in seiner Kehle, in seinem Mund, dennoch wollte er die Männer fragen, was es mit den Schreien, dem Röcheln, dem Keuchen und Schnaufen auf sich habe. Er öffnete den Mund, doch vermochte er nicht zu sprechen, so trocken war alles in ihm. Die dunklen Männer schienen zu verstehen, sie nickten, machten Gesten mit den Händen und grinsten zustimmend, erklärten aber nichts. Das Schweigen der Männer legte sich wie ein frostiger Mantel über Giuseppe und machte ihm das Atmen noch schwerer. Dann spürte er diesen Frost auf seine Brust drücken, sein Herz klopfte schneller, immer schneller, bis es schier unerträglich wurde, dieses Klopfen, dieser Frost. Giuseppe wachte auf. Der Druck auf seiner Brust rettete sich in den Wachzustand und machte ihm Angst. Schwer atmend richtete er sich im Bett auf und griff neben sich auf das Nachtkästchen, wo ein Glas Wasser stand. Auch im Wachen war Giuseppes Gaumen bis in den Rachen trocken, staubig fühlte es sich an. Hastig stürzte er das Glas Wasser hinunter. Langsam beruhigte er sich und sein Herz schlug langsamer. Er versuchte, sich die Bilder des Traumes zu merken, der Eindruck war stark und wollte auch nicht verblassen. Das unangenehme Gefühl blieb. Vorsichtig versuchte er zu sprechen, als fürchtete er, wie im Traum keine Stimme zu haben. *Che cosa faccio qui*, sagte er in dieser Nacht, und dann – wie selbstverständlich – auf

Deutsch: *Warum?* Als wäre er selbst darüber überrascht, vollendete er seine Frage wieder in der ihm fremden Sprache. *Warum dieses … Schweigen?*

Giuseppe nahm sich vor, gleich morgen etwas zu tun. Maria war nun schon seit drei Wochen in Innsbruck, er wollte nicht, dass es noch länger so weiterging. Giuseppe wollte reden; jetzt endlich, nach all den Jahren, wollte er dem Schweigen nicht mehr jenen Raum zugestehen, den er ihm bisher wie selbstverständlich eingeräumt hatte. Er wollte sprechen und wusste auch, mit wem. Am anderen Tag würde er ihn anrufen, zumindest versuchen, seine Nummer herauszufinden. Giuseppe wusste auch schon, wie er das anstellen würde. Er war jetzt ganz ruhig. In einer gleitenden Bewegung ließ er sich in sein Polster fallen und schlief anschließend traumlos bis in den Morgen.

19

Der alte Lahner dachte darüber nach, wie unterschiedlich Wahrnehmungen waren. Über die offensichtliche Diskrepanz zwischen Vorstellung und Wirklichkeit dachte er nach und wunderte sich. Staunte.

Was hatte er sich über die Jahre nicht alles überlegt, hatte sich in Gedanken die Wörter und Sätze zurechtgelegt, die er sagen wollte, versuchte, über die Jahre in Gedanken ruhig zu bleiben, vernünftig, er wollte nicht als cholerischer Alter, als seltsamer Kauz, als verrückter Verwandter gelten. So hatte er es sich vorgenommen. Das jahrelange Fehlen jeglichen Kontakts mit der Südtiroler Verwandtschaft hatte Lahner hingenommen. Er hatte hingenommen, dass es eine große Kränkung gegeben hatte, die den Kontakt abbrechen ließ. Nicht nur seine Erfahrungen waren der Maßstab, sondern vor allem auch die Erzählungen seines Vaters, der sich mit den Brüdern und Schwestern, die in Südtirol geblieben waren, überworfen hatte. Mit dem

Vater hatte sich Lahner automatisch ebenfalls mit der Südtiroler Verwandtschaft überworfen, obwohl er damals die Geschichten nur in Ansätzen verstanden hatte. Das war alles lange her. Über die Jahre geblieben war nur das Gefühl der Zurückweisung, dass eben der Vater vom Hof hatte gehen müssen, ein Gefühl, das Lahner auch für sich übernommen hatte. Er hatte über die Jahre gar nicht erst versucht, Kontakt zur Südtiroler Verwandtschaft aufzubauen, im Gegenteil. Nachdem der Vater gestorben war, folgte ihm ein paar Jahre später die Mutter. Lahner gefiel die Position innerhalb der Familie, der Außenseiter zu sein, was sich darin äußerte, dass er jegliche Kontaktaufnahme der Südtiroler Verwandtschaft kategorisch zurückwies. Denn tatsächlich hatte es in den ersten Jahren einige solcher Versuche gegeben, Briefe, Telefonanrufe, sogar überraschende Besuche in Innsbruck. Immer hatte sich Lahner entweder verleugnen oder entschuldigen lassen, bis die Versuche weniger wurden und am Ende ganz aufhörten.

Er war ja nicht allein, im Gegenteil. Er hatte Frau und Kinder und ein soziales Leben, wenn man so will, ein soziales Umfeld. Nur eben keine Verwandtschaft in Südtirol. Diese Brücke hatte er abgerissen, dachte Lahner, wenngleich es meist seine Frau gewesen war, die ihn verleugnen, die ihn entschuldigen musste. In der Erinnerung war er es, der standhaft allen Avancen eine Abfuhr erteilt hatte. Wie überhaupt sein ganzes Verhältnis zur Südtiroler Verwandtschaft bloß in seiner Vorstellung stattfand.

In diese Vorstellung steigerte sich Lahner regelrecht hinein. Seine Familie und die Südtiroler Verwandtschaft. Das sah dann so aus, dass er in seiner Vorstellung ein bestimmtes Verhältnis etwa seines Vaters mit einem seiner Brüder voraussetzte und anhand eines gewissen Erlebnisses, das er nur aus den Erzählungen seines Vaters kannte, folgerte er für sich dies und jenes, zog die Konsequenz, die immer mit einem abwertenden Urteil über den jeweiligen Südtiroler Verwandtschaftsteil endete und mit Verständnis für seinen Vater. Alle Vorstellungen dröselte er in ein Entweder-Oder auf, wobei er sich in seiner Vorstellung immer solidarisch mit seinem Vater und der tragischen Geschichte seiner Entwurzelung aus seiner Südtiroler Heimat erklärte und sich so selbst auf diesen Standpunkt zurückzog. Zwischen den Extremen war alles grau, Lahner fühlte sich im Recht, er fühlte sich betrogen, an seines Vaters statt. Nach allem, was passiert war, konnte es keine Versöhnung geben. Lahner war unversöhnlich, Punkt, aus, Amen.

Und hatte er nicht recht? War er nicht damals, als er verhaftet worden war, von den italienischen Carabinieri gefoltert worden? Das hatte er sich ja nicht eingebildet. War er nicht – da war er sich im Nachhinein allerdings nicht mehr ganz sicher – von den Beamten bedroht und auch geschlagen worden? Für was?, dachte sich Lahner. Er war unschuldig, hatte nichts mit den Wirrköpfen der BAS zu tun, war nur per Zufall ins Visier der Beamten gerückt. Lahner erinnerte sich auch an andere Geschichten, von Urlaubern, die ebenso zufällig in die Fänge der Justiz geraten waren. Etwa der Fall der drei jungen Burschen, deutsche Urlauber, die an einem Abend ausgelassen gefeiert hatten und, nachdem einer von ihnen von den Carabinieri verhaftet worden war, zur Kaserne zogen und die Freilassung ihres Freundes forderten. Es hieß, ihre aufgekrempelten Hemdsärmel hätten gezeigt, dass sie die Kaserne stürmen wollten. Alle drei kamen schließlich für eine Woche in Untersuchungshaft.

Lahner hatte viel vergessen über die Jahre. Einzig die Brandnarben, die Carabinieri hatten ihre Zigarettenstummel auf seinen Unterarmen ausgedrückt, erinnerten ihn noch Jahre später an die verschärfte Befragung, an die Tage in der Haft. Über den Rest legte sein Gedächtnis den Mantel des Schweigens.

Dabei, was hat mich eigentlich so ruiniert?, dachte Lahner. *Ich hatte dann ja über die Jahre ein ganz anderes Leben in Innsbruck.*

Alles, was er gebraucht hätte, wäre ein wenig Solidarität gewesen, ein wenig Zuspruch, ein wenig Verständnis. Aber da war nichts. Nicht von den Geschwistern des Vaters, nicht von seinen Kindern. Lahner wunderte sich, dass er auf dieser Reise bereit war, die Verwandten zu treffen. Er wunderte sich, dass er vor ein paar Tagen den Hörer in die Hand genommen hatte, um seine Verwandten, die noch immer auf dem Lahnerhof wohnten, anzurufen und sie zu fragen, ob er bei ihnen übernachten könne, begleitet von einem Kind.

Noch mehr hatte sich Lahner gewundert, als die Verwandten ohne nachzudenken *Ja* gesagt hatten, *natürlich*, hatten sie hinzugefügt, *kein Problem, wir holen euch ab.* Wie er bereit gewesen war, Lahner, in diesem Moment am Telefon, als eine Last von ihm abgefallen war, der ewige Widerstand gegen die Südtiroler Verwandtschaft, ein warmes Gefühl hatte ihn überwältigt, von dem er nicht hätte sagen können, was es war. Der ganze Ballast war von ihm abgefallen, diese Haltung des Widerstands, der gekränkten Eitelkeit, in welcher er über die Jahre verharrt war, da er seinerzeit keine Solidarität erfahren hatte. Zuerst hatte er sich einfach nur gefreut, dann, kurz nach dem Auflegen des Hörers, war er skeptisch geworden, glaubte, dass die Verwandtschaft etwas im Schilde führte, einen geheimen Plan, um ihn nach all den Jahren noch einmal zu kränken. Auch in dieses Gefühl hatte sich Lahner kurz nach dem Telefonat hineingesteigert, dann war auch diese Emotion abgeflaut, es ging jetzt um den Jungen, nicht um ihn. Aus irgendeinem Grund ließen die Verwandten sie beide auf dem Lahnerhof übernachten, wahrscheinlich wegen dem Jungen. *Für den Jungen*, dachte sich Lahner, *nehme ich das auch auf mich.*

Minuten nach dem letzten Wort des Telefonats, an seinem Ohr war ein Tuten zu hören, legte Lahner den Hörer energisch auf die Gabel zurück. Einmal, dann nochmals. Nach dem fünften Mal ließ er es gut sein. Lahner dachte an den Jungen und verzog die Lippen.

Für mich selbst will ich nichts.

20

Wortlos saßen sie im Auto. Lukas ließ gierig die Landschaft, die draußen vorbeiflog, in sich ein und vermutete hinter jedem Baum, hinter jedem Haus eine Erinnerung des alten Lahner. Der saß schweigsam auf dem Beifahrersitz und starrte geradeaus.

Die Verwandten schien das nicht zu irritieren. Iris war die Tochter vom Onkel, Lahners Cousine, und hatte die beiden Südtirolfahrer vom Bahnhof abgeholt, hatte sie herzlich und mit einer Umarmung am Bahnsteig begrüßt und sofort zu erzählen angefangen. Das sonst obligatorische Küsschen links und rechts hatte sie vermieden. Sie erzählte, was es so Neues gab in der Familie, wer wen geheiratet habe, wer gestorben sei, wie ihre Kinder sich benahmen und wie gut sie in der Schule seien. Dass er den Lahnerhof vermutlich nicht wiedererkenne, sie hätten viel umgebaut in den letzten Jahren und vermieteten jetzt mehrere Zimmer an die Touristen, die Landwirtschaft sei nur noch ein Hobby, ein Zubrot dank der Förderungen. Eine richtige kleine Pension sei es jetzt, der Lahnerhof, er werde schon sehen.

Als sie beim Ortsschild vorbeifuhren, sah Lahner kurz auf, jetzt interessierte ihn doch, wie sich das Dorf über die Jahre verändert hatte. Tatsächlich erkannte er kaum ein Haus wieder, alles war anders. Die meisten Einwohner hatten zugebaut oder zumindest renoviert, alle Häuser strahlten im frischen Weiß eines neuen Verputzes, neben den alten Höfen, die mehr als Reminiszenz stehen gelassen wurden, türmten sich riesige Scheunen in moderner Architektur, dahinter sah man den Grund für ihre Größe: die neuen, ebenfalls riesigen Landwirtschaftsmaschinen, mehrerlei Traktoren, Mähdrescher, Heuwender in allen Farben und Formen.

Lahner erinnerte sich an eine Geschichte, die ihm ein Bekannter über ein Dorf in Vorarlberg erzählt hatte. Auch dort lebten und wuchsen die Bauern durch die Gelder der EU und der sonstigen Förderer. Auch in jenem Dorf rüsteten die Bauern über die Jahre auf und kauften sich die neuesten Maschinen, bauten sich größere Scheunen für ihre Geräte und hielten mehr und mehr Kühe, damit sich alles auch wieder rentierte. Alle wuchsen und das Wachstum veränderte nicht nur das Dorfbild, sondern auch die Mentalität der Einwohner.

Doch es gab einen Bauern, der sich dem Ganzen verweigerte, sich keine neuen Maschinen kaufte und keine größere Scheune baute, wohl aber das alte Gerät, den alten Traktor, den er schon lange besaß, so pfleglich behandelte und gut wartete, dass er mit ihm alles bearbeiten konnte. Im Dorf lachten die anderen über ihn und hießen ihn einen Deppen und Trottel, da er das alte Zeug weiterschleppte, anstatt mit der Zeit zu gehen, zu investieren, zu wachsen.

Der Bauer ließ sie reden und dachte sich seinen Teil. Denn während die anderen unter ihren Krediten ächzten und immer mehr Vieh halten mussten, um rentabel zu sein, und gleichzeitig unter dieser Mehrarbeit stöhnten und zu nichts mehr Zeit hatten, kam der eine Bauer mit seinen paar Stück Vieh bestens aus und genoss die Zeit, die ihm über die Arbeit hinaus blieb. Dass er auch keine Schulden hatte, behielt er für sich, wenn ihn die anderen im Wirtshaus wieder einmal aufzogen und auslachten. Still blies er den Schaum von seinem Bier und trank in langen Schlucken.

So stellte es sich Lahner jedenfalls vor, die Szene im Dorfgasthaus. Der Wagen holperte über die steinige Zufahrtsstraße zum Lahnerhof und der Alte wachte aus seinen Gedanken auf. Vor der letzten Kurve hob er neugierig den Kopf und erwartete den alten Hof, wie er ihn kannte, wie er ihn als Kind noch gekannt hatte. Dann kam er in sein Gesichtsfeld und tatsächlich, es war, wie Iris gesagt hatte. Vom alten Lahnerhof war nicht mehr viel übrig.

Den alten Stadel hatten sie abgerissen und einen schlanken Neubau an seine Stelle gesetzt. Der Hof selbst war größer, mehrere Zu-, Auf- und Ausbauten hatten ihn leicht unförmig in die Breite wachsen lassen, die ursprünglichen Proportionen waren nicht erhalten geblieben. Der Lahnerhof glich nun mehr einem rustikal gehaltenen Reihenhaus. Das Holz fehlte fast vollständig, stattdessen war die Fassade wie bei den anderen Häusern im Dorf kalkweiß verputzt, an der Stirnseite des Hauses über der Eingangstür war ein stilisiertes Gemälde aufgemalt, das zwei Bauern mit Sense darstellte, im Hintergrund eine Frauenfigur mit Brot in der Hand, daneben ein kleines Kind, das zur Frau aufsah. Allesamt waren sie blond und gesund und glücklich, so sahen sie jedenfalls aus. Darüber dann ein ausladender Balkon über die ganze Breite des Hauses, bestückt mit üppigen Geranien in den verschiedensten Farben. Das ganze Haus sah aus wie aus einem Werbeprospekt. Der Vorplatz bestand aus Kiesel, gesäumt mit jungen Ziersträuchern. Links neben dem Haus gab es sechs Carports, die allesamt belegt waren. Große Autos mit deutschen und holländischen Kennzeichen, die Fahrzeuge der Gäste.

Einen Moment später parkierte Iris den Wagen und meinte *So* und *Hier wären wir.* Mit einem leichten Widerwillen und müden Knochen folgte Lahner Lukas, der rasch ausgestiegen war. Gedämpft hörte er das Bellen eines Hundes aus dem Haus, dann war auch er angekommen.

21

Lukas lag in seinem Bett unter dem Dach, das ihm die Lahnerfamilie gerichtet hatte. Vom nahen Stall roch es nach frischem Heu und durchs offene Fenster hörte er Grillen und andere Tiere. Ganz still horchte er in die Nacht hinaus.

Er war müde und satt. Seit ihrer Ankunft auf dem Hof war keine halbe Stunde vergangen, in der Iris dem Lahner und ihm nicht etwas zu essen oder zu trinken vorgesetzt hätte. *Am Land geht die Zuneigung durch den Magen*, hatte Lahner ihm in einem unbeobachteten Moment zugeflüstert. *Reden wollen sie nicht, die Speisen müssen reichen.* Lukas schob sich gerade ein kleines Wurstbrot in den Mund und nickte stumm. Es war lange her, dass es ihm so geschmeckt hatte. Mit einem Hunger, der teils von der langen Reise, teils von der Aufregung und der Vorfreude auf die Erlebnisse, die ihnen auf der Reise noch bevorstanden, gespeist war, langte er kräftig zu. Er mochte Iris, deshalb fand er nichts dabei, sich ordentlich verwöhnen zu lassen.

Eine Touristenfamilie, die eine der Ferienwohnungen gemietet hatte, saß an einem Holztisch in der Nähe und staunte, mit welchem Appetit der Junge aß, welche Mengen. Die Kinder der Familie, die gerade sitzen und sich ordentlich benehmen mussten, starrten mit großen Augen auf Lukas und wunderten sich. Aus dem Augenwinkel sah auch Lukas zu ihnen hinüber; wären sie ein wenig größer gewesen, er hätte sie sicher gefragt, ob sie Fußball spielen wollten.

Lahner war in erster Linie damit beschäftigt, die ihm angebotenen Speisen zurückzuweisen, immerhin hatte er mit dem Hinweis auf sein Alter eine gute Ausrede. *Nur ein Seniorenteller für mich*, sagte er, kostete dann nur und trank ein wenig Wein.

Das Reden übernahm ohnehin Iris, die alle Neuigkeiten aus der Verwandtschaft zu erzählen wusste, aber auch von anderen Dingen sprach sie. Wer Bürgermeister im Dorf war, wer beim letzten Mal den Wettbewerb um die schönsten Balkonblumen gewonnen hatte und dass sie selbst den Preis für den größten Kürbis im Dorf erhalten hatte. Ganz nebenbei erzählte sie das, aber sehr kokett.

Als die üblichen Geschichten erzählt waren, fing sie an, über das Geschäft zu sprechen, die Ferienwohnungen, den Bauernhof, und als auch das zu Ende erzählt war, wollte sie die Bilder von ihrer letzten Urlaubsreise zeigen. *Wir waren auch in Innsbruck*, fügte sie noch hinzu. *Beim Bergsilvester. Herrlich war das, das Feuerwerk, die Berge, so nette Menschen.*

Lahner nickte nur.

Wenn ich gewusst hätte, wo du wohnst, wären wir natürlich vorbeigekommen. Wir sind ja öfters in Innsbruck, beim Ikea.

In die Erzählpausen von Iris hinein redete Lahner ein wenig von sich, von Lukas und warum sie zusammen unterwegs waren. Er fragte auch nach dem Onkel und der Tante. Alles in allem blieben die Gespräche aber inhaltsleer. Wie er jetzt im Bett lag, fiel Lukas kein Unterschied ein, der ein Gespräch von Iris mit dem Lahner oder einem ihrer Gäste unterschieden hätte. Sie sprach im gleich freundlichen, aber belanglosen Ton über den Tod ihrer Eltern, wie sie der Touristenfamilie diese oder jene Wanderung empfohlen hätte.

Lukas hatte bei den Gesprächen die meiste Zeit nur zugehört, nur als Iris ihn danach fragte, welche Fußballmannschaft denn in Südtirol Trainingslager hätte, war er ein wenig aufgewacht. Wie im Diktat zählte er die Namen der deutschen Mannschaft auf und geriet ins Schwärmen darüber, wie sehr er sich auf die

WM freue. Iris murmelte etwas davon, dass die Spiele ja auch gut für den Tourismus seien, dass das gut für sie in Italien wäre. *Wir Italiener hinken ja sonst doch ein wenig hinterher*, lachte sie, dann stand sie auf, um mehr Essen zu holen. Bei *Wir Italiener* hatte Lahner nur kurz gezuckt.

Lukas fielen die Augen zu, so müde war er. Kurz vor dem Einschlafen dachte er noch daran, was der Lahner ihm im Zug erzählt hatte. Dass die Südtiroler so maulfaul seien und kaum reden würden. Dem entsprach Iris jedenfalls nicht, dachte er. Dann kippte er in den Schlaf.

Während Lukas bereits träumte, saß Lahner noch mit Iris und ihrem Mann in der Stube unten zusammen. Auch diesen Raum erkannte Lahner kaum wieder. Die alte Holzvertäfelung an der Decke und den Wänden war nicht mehr vorhanden, die hatten sie nach dem Tod des Vaters als Erstes herausgerissen, wie Iris erzählte. Die Wände waren jetzt schlicht weiß verputzt, unterbrochen nur von ein paar mehr oder weniger stillosen Rahmen mit belanglosen Fotografien von Landschaften, dazwischen immerhin Familienfotos. Einzig das alte Kruzifix in der Ecke erinnerte Lahner an die alte Stube. Auch der schwere Eichentisch mit den zugehörigen Stühlen war mittlerweile ausgetauscht worden durch moderne Möbel mit schlichtem Stoffbezug. Alles war schlicht und modern, Lahner fand es ein wenig geschmacklos. Auf dem Tisch standen wie zur Bestätigung die Pfeffer- und Salzstreuer von Alessi, zwei Eier auf Füßen, die wie zwei Hintern aussahen. Lahner fand das passend.

Iris schenkte Lahner noch ein wenig Wein nach und nach einer Pause wurde sie für ihre Verhältnisse dann doch ernst, fragte Lahner, warum er sich denn wirklich, nach der langen Zeit, bei ihnen gemeldet habe. *Wir freuen uns*, sagte sie. *Aber gewundert haben wir uns schon. Versteh mich nicht falsch, du bist natürlich willkommen …*

Dann erzählte sie, ohne eine Antwort abzuwarten, von den Krediten, die sie aufs Haus laufen hatten, von der Arbeit und der Schwierigkeit, mit einer Landwirtschaft Geld zu verdienen. *Wenn die Touristen nicht wären*, sagte sie und atmete betont lange zwischen den Zähnen aus.

Lahner war in Gedanken und dachte dabei an die alte Holzvertäfelung, an den alten Lahnerhof, die Wiesen vor dem Haus. Für einen Sekundenbruchteil dachte er an den Tag, als die Carabinieri gekommen waren, wie er im Gras gelegen war, wie der Vater mit blutendem Gesicht ins Polizeiauto gestoßen wurde. Ihm kam diese Erinnerung aber sehr unwirklich vor, er konnte die Bilder nicht mit den Eindrücken, die er an diesem Tag in sich aufgenommen hatte, in Verbindung bringen. Versuchte er an die Wiese zu denken, kam ihm nur die Touristenfamilie in den Sinn, die ihre Kinder immer wieder zum Stillsitzen und zur Schweigsamkeit ermahnt hatten. Das Bild seines Vaters verschwand hinter der Touristenfamilie in einem undurchdringlichen Nebel.

„Josef? Josef! Was willst du denn wirklich?"

Erst jetzt nahm Lahner wahr, dass Iris ihm wohl schon vor einer Weile eine Frage gestellt hatte.

„Was die Iris sagen will …", sagte nun Iris' Mann, Lahner hatte seinen Namen schon wieder vergessen. „Was sie sagen will, ist, wir haben viel investiert, haben Kredite, ich will nicht klagen, es läuft ja ganz gut, aber wir vermögen nicht viel, ich meine, wir können nichts geben …"

Jetzt erst verstand Lahner, was die beiden ihm sagen wollten. Sie meinten, er habe die Reise nach Südtirol unternommen, um irgendwelche Erbansprüche zu stellen, um einen Teil des Lahnerhofs zu beanspruchen etwa, sie glaubten, er wolle Geld.

„Ich weiß ja, dass es damals mit dem Erbe für deinen Vater nicht ganz gerecht zugegangen ist", fuhr Iris fort. „Aber was sollen wir denn jetzt machen. Wir waren ja damals Kinder, das musst du verstehen."

„Das ist ja alles lange her", assistierte Iris' Mann seiner Frau. „Und heute in der EU, ich meine, Österreich kommt ja auch bald dazu, tritt bald bei, ich meine, dann gibt es ja die Grenzen nicht mehr, Josef, meinst du nicht?"

Die Grenzen. Die Entscheidungen. Das Erbe. *Große Begriffe*, dachte Lahner. Überzeugungen, Zufälle, Pech. Erstgeboren. Zweitgeboren. Heimat. Keine Heimat. *Alles lange her*, dachte Lahner. *Vielleicht ist das wirklich alles lange her.*

In einem Zug leerte Lahner sein Weinglas und schenkte sich selbst noch einmal nach. Er musste lachen, wenn er daran dachte, dass das Kruzifix das Einzige war, das ihn noch an sein altes Zuhause erinnerte. Ausgerechnet das Kruzifix, vor dem er sich als Kind immer ein wenig gefürchtet hatte. Es war sehr naturalistisch geschnitzt, zeigte einen recht hässlichen, verwahrlosten Jesus, dem man sein Leiden gut ansehen konnte. Ausgerechnet so ein zerlumpter Kerl sollte der Erlöser sein? Lahner erinnerte sich, wie er als Kind vor diesem Kruzifix Angst hatte, sich fürchtete.

Iris und ihr Mann warteten immer noch auf eine Antwort, auch sie fürchteten, etwas zu verlieren. Lahner hingegen erkannte plötzlich, dass er das, was er insgeheim auf dem Lahnerhof zu finden gehofft hatte, schon längst verloren hatte. Seine Heimat, zumindest die Vorstellung eines Daheims, wie er es erinnerte. Diese Heimat seiner Kindheit war über die Jahre irgendwie verloren gegangen, der Lahnerhof war nicht mehr der Hof, den er kannte, die Wiesen waren andere, selbst die Menschen waren nicht mehr da. Sicher, er war mit Iris und ihrer Familie verwandt, irgendwie gab es eine Verbindung selbst zu diesem neuen Lahnerhof mit seinen Ferienwohnungen und seinen kitschigen Blumentrögen auf den Balkonen. Wahrscheinlich war diese Heimat, die es für Lahner als Kind gegeben hatte, schon damals mit dem Tod des Vaters verloren gegangen. Nur er selbst hatte dem Lahnerhof und allem, was damit zusammenhing, über die Jahre eine Bedeutung gegeben, die er längst nicht mehr hatte. Eine Bedeutung, die für ihn persönlich auch mit seinen Erfahrungen im Gefängnis zusammenhing. Der moderne Lahnerhof wusste nichts davon, das erkannte Lahner jetzt.

Wieder leerte er sein Glas in einem Zug und schwieg. Mit der langsam aufsteigenden Wärme des

Weines überkam auch Lahner eine leichte Müdigkeit, mehr noch aber eine Art Erleichterung darüber, nicht mehr nach diesem Bild von Heimat, das für ihn über die Jahre so bedeutsam gewesen war, suchen zu müssen. Er fühlte sich weder einsam noch allein, nur erleichtert. Er musste schmunzeln über diesen Gedanken, was Iris und ihren Mann nur noch mehr irritierte.

Dann sagte Lahner den beiden, dass es wirklich so sei, wie er am Telefon gesagt hatte. Er wollte Lukas das Land zeigen und ja, tatsächlich, sie wollten die deutsche Nationalmannschaft in ihrem Trainingslager besuchen, mehr nicht. Er wolle nichts von ihnen, sagte Lahner, danke ihnen aber, dass sie hier übernachten dürften. Dann lachte er und meinte, der Wein sei sehr gut. Er habe schon vergessen gehabt, wie gut der Südtiroler Wein eigentlich sei.

Erleichtert beeilte sich Iris, Lahner nachzuschenken. Es war ihr ein wenig peinlich, dass sie ihrem Gast irgendeine versteckte Absicht unterstellt hatte. Erst als ihr Mann begann, einen Witz über einen Bauern und einen Pfarrer zu erzählen, stimmte auch Iris in das allgemeine Lachen ein. Mit einem lauten Klirren stießen die drei dann auf ihre jeweilige Gesundheit an, bevor sie ihre Gläser in einem Zug bis auf den Grund austranken.

Giuseppe Monte saß zur gleichen Zeit in einer kleinen Bar in der Nähe seiner Wohnung und nippte an einem Glas Campari. Um ihn war Trubel, immerhin war Freitag und die Jugend flutete durch die Bars der Stadt. Er fühlte sich fremd im Strom der jungen Menschen, die sich scheinbar nur im wahllosen Stimmengewirr und der unterschiedslos lauten Musik wohlzufühlen schienen. Giuseppe hatte den Eindruck gehabt, dass ihn der Barmann ein wenig mitleidig ansah, als er seinen Campari bestellt hatte, übertrieben zuvorkommend hatte er ihm zwei Untersetzer und eine Serviette zum Getränk gereicht. So, als könnte er in seinem Alter das Getränk nicht mehr ordentlich halten, als müsste man annehmen, dass dieser Gast einen Teil des Getränks verschütten würde. Vielleicht war es aber nur bloße Höflichkeit gewesen, Giuseppe wusste es nicht.

Als ein neues Lied anfing, bewegte sich plötzlich das halbe Lokal, Mädchen kreischten und wippten aufgeregt im Takt der beginnenden Melodie, die Männer nickten energisch mit den Köpfen. Giuseppe nahm das alles in einem Augenblick wahr und wartete darauf, dass etwas passieren würde, zumindest das Lied endlich beginnen, etwa der Gesang einsetzen würde, er fühlte die fiebrige Erregung, die sich der jungen Menschen bemächtigte. Er kannte das Lied nicht. Wahllos schweifte sein Blick durch den Raum, nichts passierte. Das Lied begann nicht, es wiederholten sich nur die immer gleichen Rhythmen, es war vor allem das Schlagzeug zu hören, das die immer gleiche Melodie begleitete, kein Anfang, kein Ende. Giuseppe wandte sich ab. Hier war er endgültig fremd, dachte er. *Hier bin ich endgültig fremd.*

Aus dem Augenwinkel beobachtete er die jungen Menschen, da fiel ihm ein junger Mann auf, der über der Bar lehnte und auf den Barmann einredete. Er war ihm zuvor nicht aufgefallen, er musste gerade erst das Lokal betreten haben. Energisch redete der junge Mann auf sein Gegenüber ein, Giuseppe versuchte, etwas zu verstehen. Auch wenn er nur Wortfetzen verstand, so viel er hörte, wollte der junge Mann nur eine Packung Zigaretten kaufen, egal welche. Jetzt erst bemerkte Giuseppe, dass der Barmann dem Mann auf seine auf Deutsch vorgebrachte Frage nur Italienisch geantwortet hatte, das der Junge offensichtlich nicht beherrschte. Vielleicht war er gar nicht von hier, vielleicht ein Ausflügler aus Österreich, vielleicht auch ein deutscher Tourist. Giuseppe bemerkte selbst im Lärm der Musik, wie der Barmann einen abfälligen Ton hören ließ, wie selbstverständlich kanzelte der Barmann den Jungen ab, sagte ihm, er könne ihm keine Zigaretten verkaufen, nur wer Kunde des Lokals sei, könne welche kaufen. Irritiert schaute der Junge in das Gesicht des Barmanns, versuchte es mit einem Witz. Nun, sagte er, wenn er ihm die Zigaretten verkaufe, sei er Kunde des Lokals. Dann grinste er, als wüsste er einfach nicht, was der Barmann ihm zu verstehen geben wollte. Der aber wurde nun ernst, schüttelte den Kopf und machte eine abweisende Handbewegung. Das Gespräch schien beendet und der junge Mann verließ irritiert, allerdings tatsächlich ohne seine Zigaretten, das Lokal.

Jetzt erst bemerkte Giuseppe, dass er in einem italienischen Lokal saß, wenn man so wollte. Alle jungen Menschen sprachen Italienisch, kein einziger Gesprächsfetzen, der an sein Ohr drang, klang deutsch. Mit einem Mal ratterte es in ihm, sickerte eine Erkenntnis in Giuseppe, die er sich eigentlich nicht eingestehen wollte. Der junge Mann an der Bar war nicht bedient worden, weil er kein Italiener war. Giuseppe scheute sich selbst in Gedanken, die Szene zu beurteilen. Dabei ging es ja um nichts, der Mann hatte nur eine Packung Zigaretten kaufen wollen.

Giuseppe fühlte sich unwohl. Das war selbst für ihn zu viel, er konnte sich nicht vorstellen, dass die Welt in Südtirol immer noch so war, wie sie gewesen ist, als er ein junger Mann war. So voll Misstrauen, so voll Hass. Das mochte er sich gar nicht vorstellen. Kann es sein, dachte er, dass sich gar nichts ändert? *Ändert sich wirklich nichts?*, dachte er und spähte in Richtung des Barmanns. Der hatte sich schon anderen Dingen zugewandt und bereitete professionell ein paar Cocktails zu, begleitet von johlenden Kommentaren einiger Gäste, die er offensichtlich kannte.

Giuseppe dachte an die Geschichte, die ihm seine Frau erzählt hatte. Maria hatte von einem Bekannten gesprochen, der mittlerweile alt und dement war, er war so um die achtzig, Jahrgang 1910. Sie hatte erzählt, wie wenig der Mann noch von seiner Familie wusste, von seinen Kindern und Enkeln, alles hatte er vergessen, er erkannte selbst seine Frau nicht mehr, wenn sie ihn im Altenheim besuchte. Maria hatte über die Verzweiflung gesprochen, die Trauer, die die Angehörigen beschäftigte, da der Mann sich in seine geistige Umnachtung begeben hatte.

Der Mann wusste nichts mehr davon, was bis vor Kurzem sein Leben ausgemacht hatte. Woran er sich allerdings erinnern konnte, waren seine Erfahrungen, die er als junger Mann im Krieg, im Zweiten Weltkrieg, gemacht hatte. Immer wieder erzählte er davon, wie er im Krieg an der Front gewesen war und wie er in Gefangenschaft geraten war, wie er zuerst bei den Russen und dann durch einen Trick zu den Amerikanern gekommen war, er erzählte, um wie viel besser es ihm bei den Amerikanern gegangen war, aber auch davon, dass die Russen weitaus freundlicher zu ihm gewesen waren als die anderen. Immer und immer wieder erzählte er Geschichten aus dem Krieg, während er bei den Besuchen weder seine Töchter noch seine Enkel erkannte.

Wie kann es sein, hatte Giuseppe gedacht, dass die Erlebnisse des Krieges, die doch nur einen kleinen Teil seines ganzen Lebens ausmachten, nur ein paar Jahre, dermaßen prägend sein konnten, dass es das Einzige war, was blieb? Das Einzige, das er wieder und wieder erzählte und immer wiederholte, als wären nur die Kriegserlebnisse wichtig in seinem Leben. Und die ganze Zeit danach, als er heiratete und Kinder bekam, seine Töchter und Söhne aufwachsen sah, sein Berufsleben verbrachte, eben *lebte* – all das verblasste angesichts der paar Jahre als junger Mann.

Das kann es nicht sein, dachte sich Giuseppe. Er kramte in seiner Tasche nach ein paar Münzen, winkte den Barmann zu sich und bestellte eine Packung Zigaretten. Dann zahlte er den Campari und achtete darauf, kein Trinkgeld zu geben. Mit wackeligen Schritten und zitternder Hand ging er auf den Ausgang zu. Giuseppe Monte war, als entfernte sich die Musik, die den ganzen Raum einzunehmen schien, immer mehr, als wären seine Ohren mehr und mehr in Watte gepackt. Er griff in seine Tasche und tastete nach seinem Hausschlüssel und der Packung Zigaretten, im Gedanken legte er sich die deutschen Worte zurecht, die er dem jungen Mann sagen würde, wenn er ihm die Zigaretten in die Hand drücken würde. Er stellte sich für einen Moment vor, wie überrascht der junge Mann wäre, verzichtete aber darauf, sich einen Vortrag über Recht und Unrecht zu überlegen. Als Giuseppe über die Schwelle der Bar trat, überkam ihn der Gedanke, dass es unwahrscheinlich sei, den jungen Mann noch irgendwo anzutreffen, er würde ihn wahrscheinlich nicht mehr finden. Dennoch trat er mit der Gewissheit, etwas bewegen zu wollen, in die dunkle Nacht hinaus. Kühl war es geworden. Der Mond stand tief.

22

Josef Lahner hatte sich in den letzten Wochen so viele Sätze zurechtgelegt, die er dem *Carabiniere* an den Kopf werfen wollte. Jahrelang hatte er seine Erinnerungen mit sich herumgetragen, doch plötzlich war davon nicht mehr viel übrig geblieben. Als er bemerkt hatte, dass seine Verwandtschaft sich nichts aus der Vergangenheit machte, dass die Bedeutung, die er seinen Erlebnissen jahrelang gegeben hatte, für die Jungen nicht existierte, war ihm erst klar geworden, dass sich die Dinge vielleicht wirklich mit den Zeiten änderten, wie das Sprichwort sagte. Er wollte nicht mehr länger an damals denken, er wollte abschließen.

Lahner trat aus dem Bahnhofsgebäude und dachte an die Wegbeschreibung, die ihm der andere gegeben hatte. Er konnte die kleine Bar, in der sie sich treffen sollten, gar nicht verfehlen. Das *Il Conte* musste schräg gegenüber dem Bahnhof liegen, rote Markisen, Tischchen und Stühle auf dem Trottoir. Lahner suchte den Platz mit seinen Augen ab, dann sah er es rot blitzen und ging langsam los.

Mir sind nur Fragen geblieben, dachte er. *Keine Anklagen mehr, nur Fragen.*

Dass er ihn gleich erkannt habe, wollte er ihm sagen, dass er wusste, dass er damals dabei gewesen war, als sie den Lahner verhaftet und geschlagen hatten.

Er wollte ihn fragen, ob er damals mitbekommen habe, dass es Folterungen gegeben habe.

Er wollte ihn fragen, ob er sich damals gefürchtet habe, als das alles losgegangen sei, mit den Anschlägen und so.

Er wollte ihn fragen, wo sein Zuhause sei, wo denn für ihn Italien sei und ob er glaube, dass sich etwas verändert habe.

Er wollte ihn fragen, ob es nicht endlich genug sei mit der Vergangenheit und ob er sich vorstellen könne, dass sie zwei alten Männer nicht einfach aufhören könnten, Feinde zu sein. Einfach so.

Josef, würde er sagen. *Ich bin der Josef.*

Dann trat Lahner in den Schatten der roten Markise und scheuchte eine Taube auf. Nach einem Moment der Ruhe sah er den Mann an einem kleinen Tischchen sitzen und ging mit ausgestrecktem Arm auf ihn zu. Zwischen der Stille in seinem Kopf der Gedanke an seinen ersten Satz.

* * *

Giuseppe Monte wartete seit einiger Zeit in der kleinen Bar in der Nähe des Bahnhofs. Alle paar Minuten schweifte sein Blick unter den roten Markisen hervor und über den Bahnhofsvorplatz. Zwischen den Tischen stolperten ein paar Tauben hin und her und pickten nach Bröseln und Krumen.

Monte war ganz ruhig. Er dachte an Maria und daran, dass er bald den *Deutschen* treffen würde. Wenn er es sich überlegte, war er froh, dass der andere sich gemeldet hatte. Es würde ihm guttun, endlich mit jemand anderem über die Vergangenheit zu reden, zu lange hatte er geschwiegen.

Er würde ihm erzählen, wie er am Vortag in der Bar gewesen und wie seltsam ihm die Jugend vorgekommen sei.

Dass von ihrer gemeinsamen Vergangenheit nichts mehr übrig sei, wollte er dem anderen sagen, dass die Jungen davon nichts mehr verstünden.

Dass er damals dabei gewesen war, wollte er ihm sagen, als Schreibkraft und in einem anderen Raum.

Dass er seine Schreie gehört habe, wollte er ihm sagen, dass er sich aber nicht getraut habe, etwas zu unternehmen.

Dass er nichts verstanden habe, wollte er ihm sagen, dass er sich geschämt habe. Jahrelang.

Dass er sich hier zu Hause fühle, wollte er ihm sagen, obwohl er eigentlich aus einem Dorf in der Nähe Roms komme. Von Oliven und Wein, die es dort gebe, wollte er ihm erzählen. Von heißen Tagen im Sommer.

Dass er das Land nicht verstanden habe, wollte er ihm sagen, dass Südtirol für ihn ein Rätsel war.

Dass er die Berge nicht verstehe, wollte er ihm sagen, sie aber endlich kennenlernen wolle.

Giuseppe, würde er sagen. *Sono Giuseppe. Come stai?*

Monte trank den bitteren Rest seines Espressos bis zur Neige aus. Als der Geschmack in seinem Mund langsam nachließ, sah er einen Mann auf sich zukommen. Mit ausgestrecktem Arm. Ein Lächeln auf den Lippen.

* * *

Lukas stand mit roten Backen und weichen Knien an der Absperrung zum Fußballplatz. Die Bilder tanzten vor seinen Augen, er konnte es kaum glauben, dass keine zwanzig Meter von ihm entfernt die deutschen Nationalspieler trainierten. Ganz genau sah er hin und versuchte sich alles einzuprägen.

Rechts hinten machten ein paar Spieler ein Trainingsmatch auf kleinem Feld, daneben übten zwei, drei andere Sprints und Kurzpassspiel. Matthäus, den Lukas sofort erkannt hatte, machte ein leichtes Lauftraining rund um den Platz, wie man das nannte, er war angeschlagen, wie Lukas aus der Zeitung wusste. Spannend fand Lukas auch das Tormanntraining, das sich vor seinen Augen abspielte. Da schickte der Trainer Sepp Maier, der legendäre Münchner Keeper, die „Katze von Anzing", Bodo Illgner mit seinen Bällen nach links und nach rechts. Lukas erinnerte sich an die Fernsehbilder eines Bundesligaspiels von Bayern München gegen Bochum, als plötzlich eine Ente auf dem Spielfeld war und Sepp Maier ihr hinterherhechtete, um sie zu fangen. Diese Bilder vor Augen, musste Lukas schmunzeln, wie Enten scheuchte Maier nun hier die anderen Torhüter hin und her.

Sein PANINI-Album unterm Arm, wartete Lukas, bis das Training aus war und er die Spieler um ein Autogramm bitten konnte. Lahner hatte ihm gesagt, dass er ihn mittags abholen würde, am Nachmittag würden sie mit dem Zug wieder nach Innsbruck fahren. Der Alte war ihm heute am Morgen irgendwie verändert vorgekommen, als hätte er schlecht geschlafen. Lukas dachte daran, dass er sich nach dieser Reise

Südtirol nicht unbedingt als Heimat Lahners vorstellen konnte. Für ihn war es immer noch eine Landschaft, in der er mit seinen Eltern Ausflüge unternahm, wo es ein wenig nach Süden roch und wärmer war als zu Hause. Er dachte an den Türkischen Honig und den Duft von Pizzen, an Spuma und die Grissini, die in den Gasthäusern immer auf den Tischen standen. Er dachte an all die Dinge, die es daheim nicht gab und die er mochte.

Wenn er seinen Blick über den Platz schweifen ließ, darüber hinaus, sah er auf der einen Seite den Kirchturm von Kaltern und daneben ein paar rote Ziegeldächer. Im Hintergrund erhoben sich die Berge, an ihren Flanken lagen die Weinberge, weiter darunter in der Ebene die endlosen Felder mit den Apfelbäumen. Drehte er den Kopf, konnte Lukas in der Ferne den Kalterer See erkennen, der in der Sonne silbrig glänzte. Die Luft flirrte ein wenig, es würde wieder ein heißer Tag werden. Lukas dachte an die Urlaube mit seinen Eltern und bekam ein wenig Heimweh.

Nicht die Orte sind es, es sind am Ende doch die Menschen, hatte Lahner ihm heute am Morgen ein wenig traurig gesagt, als Lukas ihn gefragt hatte, ob er sich freue, endlich wieder daheim auf dem Lahnerhof zu sein. Lukas hatte nicht verstanden, was der

Alte damit hatte sagen wollen, jetzt aber hatte er ein Gefühl dazu.

Es sind nicht nur die Menschen, dachte sich Lukas. *Es sind auch die Orte, die Landschaften, auch die Erinnerungen an die Orte und Landschaften, wo man schöne Tage verbracht hat. All diese Erinnerungen sind meine Heimat.*

Lukas nahm sich vor, Lahner von seinem Gefühl von Heimat zu erzählen. Dann kam ihm ein Wort in den Sinn, das für sie beide ihre Reise beschreiben sollte.

Föhntage, dachte Lukas.

Lukas wiederholte das Wort ein paar Mal und dachte daran, dass endlich auch Lahner ein Wort haben würde, das er sich merken sollte.

Eben fuhr ein warmer Wind über den Platz, als Lukas aufsah und bemerkte, dass die Spieler langsam vom Platz trotteten. Mit einem Ruck richtete er sich auf und überlegte sich mit roten Ohren den Satz, mit dem er die Spieler um ihr Autogramm bitten wollte. Er dachte daran, dass er den Lahner bitten wollte, irgendwo noch eine Flasche Wein zu kaufen, als Geschenk für seinen Vater. Und natürlich Türkischen Honig. Dann hatte ihn der erste Spieler erreicht.